윤대녕 에세이

사라진 공간들, 되살아나는 꿈들

윤대녕 에세이

사라진
공간들,
되살아나는
꿈들

H
현대문학

차 례

고향집
—왜 하필 '거기'여야만 했을까?

내가 태어나서 자란 곳, 즉 고향에 가본 지가 꽤 오래됐다. 돌아보니 그새 20여 년가량 된 것 같다. 마지막으로 들른 게 1994년이었으니까. 등단하고 나서 4년이 지나 첫 책을 낸 후에야 큰아버지는 내가 작가가 되었다는 것을, 우연히 신문을 보다 알게 되었다. 백부는 나의 유년 시절에 조부와 함께 가까이에서 나를 돌봐주던 사람이었다. 그는 성격이 아주 유별한 사람이었는데, 교사 출신에 독서량이 대단했으며 또한 문학 애호가였다. 재미난 사실은 그가 뒤늦게 시인이 되고자 어딘가에 응모해 당선한 적이 있다는 것이었다. 환갑을 넘긴 나이에, 내가 첫 책을 내던 바로 그해에 말이다. 중앙 일간지 신춘문예나 문예지는 아니었던 것 같고(구체적으로 물어보지는 않았다) 이후 시를 계속 쓰는지조차 나는 모르고 있다. 확실한 것 하나는 여든이 넘은 지금까지 아직 첫 시집을 내지 못했다는 것이다.

신문을 통해 내가 첫 책을 낸 사실(아니 작가가 되었다는 사실)을 알게 된 백부는 내게 곧바로 전화를 걸어 고향에 한번 다녀가라고 했다. 그즈음 백부 자신도 어딘가로 등단(?)을 한 터라 내심 반가웠을 것이다. 말하자면 한집안에서 몇 년 사이에 문인이 거듭 둘이나 배출된 것이었다. 당시 차가 없었던 나는 혼자 버스를 타고 고향으로 내려갔다. 그리고 어둑한 대청마루에 백부와 겸상을 하고 마주 앉아 저녁을 먹으며 이런저런 얘기를 나눴다. 반주에 취해갈 무렵, 백부가 다소 멋쩍은 표정으로 입을 열었다.

"네가 문사文士가 된 것은 내 피를 받았기 때문일 것이다. 이를테면 문재文才를 포함해 성격까지 나를 꼭 닮지 않았느냐."

나는 슬그머니 그의 눈길을 피한 채 잠자코 있었다. 나는 백부의 표현에서 그가 잘못 알고 있거나 바로잡아야 할 게 있다는 점만 생각하고 있었다. 우선 문사와 소설가는 전혀 다른 존재라는 것이었다. 소설가는 정신적, 육체적으로 힘겨운 노동이 수반되는 일종의 생업 종사자에 해당하며 그 어떤 신분도 보장되지 않는다. 한편 문사란 선비나 양반 계층의 신분 개념이 내재된 다분히 허영기가 배어 있는 호칭이었다. 요컨대 문사는 직업이 아닐 뿐더러 또한 생업이 될 수도 없다.

문재에 관해서도 나는 남들과 구별될 만큼 타고난 재능이 있다고는 생각해본 바가 없었다. 만약 그런 기미가 도사리고 있다 하더라도 그것은 유년 시절에 밤늦게까지 나를 붙들고 앉아 글과 그림을 가르쳐준 조부의 몫으로 돌려야 마땅했다. 그랬다는 것은 백부도 어느 정도는 알고 있었을 터였다.

그렇다면 성격에 관해서다. 사실 나는 집안 사람들 누구하고도 성격이나 모습이 닮지 않았다. 조부는 햇빛을 받고 있는 큰 바위처럼 늘 조용하고 부드러웠으며 동시에 위엄이 가득했다. 그는 내가 지금까지 살아오면서 보았던 그 누구보다도 거동이 느린 사람이었다. 초등학교 교장이었던 조부가 퇴근 후 학교에서 집까지 걸어오는 데 소요되는 시간은 한 시간 정도였는데, 그 거리는 아무리 넉넉히 잡아도 500미터 정도에 불과했다. 그 때문에 한 걸음한 걸음 옮길 때마다 마치 깊은 사유의 강을 건너오는 사람처럼 보였다. 나는 그 모습을 보며 막연히 경이로움에 사로잡혀 있었으나, 이후의 성장 과정에서 뜻하지 않게 성격이 급한 사람으로 전락하고 말았다. 조부뿐만 아니라 삼촌, 고모들도 표정이 고요하고 적막하기는 마찬가지였다. 사소하게 몸을 움직일 때조차 한껏 소리를 죽여 인기척을 느낄 수 없을 지경이었다. 그들은 침묵의 세계에서 오직 침묵을 지키기 위해서만 살아가는 사람들 같았다. 훗날 대면하게 되는 아버지, 어머니도 그들과 한통속임을 깨닫고 나는 내심 절망했다. 말하자면 내 주위의 모든 사람들이 죄수처럼 어둡게 입을 다물고 어쩔 수 없이 하루하루를 견뎌내는 사람들처럼 보였다.

단 한 사람, 백부만이 격렬한 성격의 소유자였다. 그가 사범학교를 나와 몇 년 동안 교사 생활을 했다는 것도 나는 스무 살이 넘어서야 뒤늦게 어머니를 통해서 들었는데, 그는 집에 머무는 것을 한시도 견디지 못하는 성격이었다. 물론 결혼도 했고 슬하에 자식을 넷이나 두고 있었다. 그런 양반이 걸핏하면 집을 나가 1년 혹은 2년 만에 돌아오곤 하는 것이었다. 귀가시에는 봉두난발에 거지 행색으로 새벽에 도둑처럼 담을 넘어왔으며 문간방에 숨어 지내다 조부에게 들켜 여지없이 쫓겨났다. 그는 집 근처의 과수원에서 하모니카나 불며 지내다 몇 달 후 어딘가로 다시 종적을 감추곤 했다. 큰어머니는 이미 오래전에 자식들을 데불고 친정에 내려가 살고 있었다. 조부는 백부에 대해서 무섭도록 냉정했으며 장손인 그를 아예 자식 취급조차 하지 않았다. 한 번 집을 떠났다 돌아온 자를 조부는 가족의 일원으로 받아들이려 하지 않았다.

백부는 조부에게 항의하는 의미로 과수원에 불을 지른다거나 낫이나 도끼로 가금을 해치고 마을의 느티나무를 쓰러뜨리며 소란을 피워댔지만 조부는 눈썹 하나 까닥하지 않았다. 나는 백부가 과수원에 머무는 동안 찾아가 그가 그동안 경험하고 돌아온 바깥의 세계에 대한 이야기를 귀 기울여 듣곤 했다. 백부는 언제나 백정 같은 얼굴을 하고 있었으나 내게는 가급적 부드럽게 대하려고 했다. 부모와 떨어져 사는 어린 내가 안돼 보였을 것이다. 또한 나는 그의 유일한 말상대이기도 했다. 나는 어느덧 백부를 흠모하게 되었고 그가 집을 나가면 부모보다도 더 그를 기다리며 지냈다. 백부는 집안의 그 질기고도 무거웠던 침묵을 견디지 못했던 것이 아니었나 싶다. 그래서 집을 뛰쳐나갈 수밖에 없었고 돌아온 다음에도 문밖에서 떠돌 수밖에 없었던 것이 아니었을까. 조부가 운명하기 얼마 전 백부는 방랑을 마치고 돌아와 아랫마을에 집을 지어 처자식을 불러들였다. 이를테면 본가에는 끝내 발을 들여놓지 못했던 것이다.

고백하건대 당시 백부의 모습이 실은 지금 나의 모습이기도 하다. 정확히 일치한다고 말할 수는 없지만 성격만을 놓고 볼 때는 백부의 말이 어느 정도 맞다. 적어도 마흔 살까지는 답습이라도 하듯 백부처럼 방랑하는 인생을 살아왔던 것이다.

이제 집 얘기를 해야겠다. 내가 태어나 유년 시절을 보냈던, 조부가 절대자로 군림했던 사원이면서 백부를 끝내 거부했던 바로 그 어두운 침묵의 집 말이다. 전형적인 중부지방의 한옥 구조로 꽤나 오래된 집이었다. 그런데 그 집의 위치가 왜 그토록 외따로 였는지는 아직도 모르겠다. 주위에 이웃집이라고는 단 한 채도 없었으며 보이는 것은 온통 밭뿐이었다. 뽕나무밭, 당근밭, 수수밭, 사과밭에 둘러싸인 그 집은 멀리서 보면 영락없이 폐허처럼 보였다. 어둠이 내린 후에 밭 사이에 난 길을 더듬어 집으로 걸어가다 보면 번번이 두려움에 사로잡히곤 했다. 집과 가장 가까운 곳에 있는 건물이 학교였는데 그마저도 미루나무에 둘러싸여 있어 낮에도 잘 보이지 않았다. 나는 밤이 되면 늘 비어 있는 캄캄한 교실들을 떠올리며 쓸데없이 두려움에 떨곤 했다. 1년, 사시사철 제 발로 찾아오는 사람이 거의 없는 집이었다. 거지도 우리 집은 피해가는 성싶었다. 가끔 부고를 전하기 위해 우체부가 다녀가는 게 고작이었고 외지에 나가 있던 삼촌, 고모들이 다니러 와야만 그나마 일시적으로 사람 사는 집처럼 보였다. 하지만 그들도 하루나 이틀 머물고는 서둘러 떠나버렸다.

그들이 가버리고 나면 나는 대청마루에 앉아 혼자 햇빛에 타는 빈 마당을 내려다보며 치를 떨곤 했다. 겨울이 되면 마당은 흰 눈

으로 가득 덮였다. 나는 가끔 새벽에 인기척에 깨어나 방문을 갸웃이 열고 밖을 내다보곤 했다. 누가 온 게 아닌가 싶어. 혹시 백부가 돌아온 게 아닌가 싶어. 나중에야 나는 알게 되었다. 그 인기척이란 바로 눈 내리는 소리에 불과했다는 것을 말이다. 나는 시간을 어떻게 보낼지 몰라 종일 헛간에 들어가 있거나, 고서가 쌓여 있어 퀴퀴한 냄새가 배어 있는 사랑채 병풍 뒤에서 시체처럼 낮잠을 자기도 했다. 오죽하면 이끼 낀 우물 속을 아침저녁으로 들여다보는 것을 낙으로 삼았겠는가.

이웃이 없는 집. 1년 내내 손님이 찾아오지 않는 집. 어쩌다 식구나 친척들이 다니러 와도 곧 떠나버리고 마는 집. 까닭을 모르겠으나 내 부모조차 찾아오지 않는 집. 늙은 부부가 밤마다 사과나 깎아 먹으며 사는 을씨년스러운 집.

집은 세계의 중심이며 작은 우주라고 한다. 그래서 집은 또한 빅뱅의 아름다운 공간이기도 하다. 하지만 나의 집은 다른 별들인 이웃이 존재하지 않았으며 오직 침묵이 주는 상처와 고통과 서글픈 꿈들만을 남겨주었다. 이제와 돌이켜보건대 나는 백부가 일종의 혁명가였다는 생각이 든다. 비록 반역자처럼 낙인찍혀 다시는 그 세계에 발을 들여놓지 못했지만, 그가 아니었더라면 유년의 나는 과연 방랑하는 꿈인들 꾸며 살았을까.

가끔 이런 의문이 들 때가 있다. 내가 비롯된 곳이 왜 하필이면 그곳이었을까? 내게 선택이 주어진 것은 아닐지라도 마당 곳곳에 채송화와 달리아와 백일홍 들이 피어 있는 밝고 화사한 공간이었으면 얼마나 좋았을까. 나의 운명은 어쩐지 태어날 때부터 그 집에서 이미 결정지어져 세상으로 내보내졌다는 쓸쓸한 생각이 든다. 그런 생각이 들 때마다 뭔가 참을 수 없는 감정이 밀려오곤 한다. 모든 사람들에게 집이 그런 의미는 아니겠지만, 내게는 어쩔 수 없이 그렇다.

1994년 첫 책을 내고 나서 고향집을 찾은 이후 나는 지금까지 그곳에 가지 않았다. 백부 집에서 하루 머물고 다음 날 나는 옛집을 찾아가 보았다. 작은아버지가 물려받아 살고 있는 그 집은 이미 개보수공사를 해서 옛 모습을 찾아보기 힘들었다. 뒤란의 우물도 앵두나무도 포도나무도 사라졌고 앞마당의 작은 연못도 오래전에 메워져 있었다. 장성한 사촌들만이 대청마루에서 낯선 표정으로 나를 바라보다가 곧 방으로 들어가버렸다. 작은아버지의 말에 따르면 나뿐만이 아니라, 그 집을 한 번 떠났던 사람들은 다시는 돌아오지 않는다고 했다. 그게 그 집의 운명이라고 했다. 장소는 남아 있으되 사라진 공간 앞에 서 있으면 육체를 관통하는 공허한 바람 소리가 들려오곤 한다.

작년 가을 나는 승용차에 처자식을 태우고 고향 근처에 갈 일이 있었다. 소설을 쓰기 위해 신두리 해안사구와 홍성 우시장을 취재할 일이 있었던 것이다. 그런데 길을 잃고 헤매다 어느 순간 고향집 가까이에 와 있다는 것을 알게 되었다. 나는 삼거리 신호등 앞에 멈춰 서서 내가 태어난 면 소재지의 면사무소 간판을 마주 보고 있었다. 그렇다는 것을 나는 무심결에 아내에게 말했다. 그러자 아내가 이렇게 말하는 것이었다.

"그럼 옛집에 한번 들러보죠. 이참에 큰아버님과 작은아버님께 인사도 드리고요. 여기까지 와서 이대로 돌아가면 오히려 이상한 거잖아요."

"저도 그랬으면 좋겠어요, 아빠. 아빠가 태어난 집을 보고 싶어요."

나는 비상등을 켠 채 5초쯤 생각하다, 차를 돌려 고향 근처에서부터 서둘러 멀어지기 시작했다. 유년의 상처와 고통이 되살아났기 때문이었다. 그리고 조부의 얼굴이 눈앞에 크게 떠올랐던 것인데, 그는 여전히 이렇게 말하고 있었다.

"그만 돌아가거라. 너는 이미 집을 떠났으니, 돌아올 수 없는 운명이니라."

다시 생각해보면 고향집은 조부만이 군림하던 절대 고요의 사원이었다는 느낌이 든다. 그래서 떠나는 순간 쓰디쓰게 버림을 받아야 한다는 것을 알고 떠나야 하는 집. 나중에 알았는데, 나의 부모도 조부의 허락 없이 분가를 하고 나서 다시는 돌아올 수 없었다고 한다. 그러니까, 나는 일종의 볼모였던 셈이다. 아내가 옆에서 중얼거리는 말이 귀에 이명처럼 들려왔다.

"아니, 이대로 돌아가려고요?"

나는 무표정한 얼굴로 고개를 주억거렸다. 어차피 그곳을 찾는다 해도 이미 그 집은 사라지고 없는 것이다.

늙은 그녀
—나라는 존재가 비롯된 아득하고 영원한

여기서 '늙은 그녀'는 투박하게 내 어머니를 가리키는 지시어이다. 그런데 어머니가 아닌 늙은 그녀라 불러놓고 보니 보다 실존적인 느낌으로 다가온다. 동시에 '늙은 그녀'는 '낡은 집'으로 문득 사물화되면서 '그녀'와 '집'의 상관관계가 발생한다. 마치 물과 얼음의 관계처럼 말이다. 그렇다. 어머니는 내게 곧 집이며 그녀의 몸은 우주 순환의 신성한 공간이다. 어느 날 나는 그 아득한 공간의 한켠에서, 부싯돌이 서로 충돌하는 순간처럼 찰나에 생겨나 마침내 이 고단하기 짝이 없는 세상에 던져졌다.

결혼한 여자들, 더욱이 아이를 둔 여자들이 그토록 집에 집착하는 이유는 집이 곧 자신의 몸이며 고유한 영토이기 때문이리라.

그 영토가 땅(장소)이 아니라 집(공간)이라는 것은 실로 의미심장하다.

그럼 내 어머니에 대해 이야기해야겠다. 70대 후반인 그녀가 태어나서부터 지금까지 살아온 수많은 집들에 대해서. 그 어둡고 허름한 슬픈 공간들에 대해서. 그리고 현재 거처하고 있는 아파트에 대해서. 고작 스무 평 남짓으로 축소된 그녀의 영토에 대해서.

어머니가 태어난 집, 그러니까 내게는 곧 외가外家가 되겠다. 나는 초등학교 4학년 무렵 외할머니 환갑을 맞아 처음 외가에 가게 되었는데, 마을 초입에서부터 길바닥에 사과가 여기저기 흔하게 나뒹굴고 있었다. 그곳은 집성촌이었으며 마을 전체가 사과밭에 둘러싸여 있었다. 그러나 외가 소유의 과수원은 없었고 외삼촌은 논농사를 크게 짓고 있었다. 사과밭 지대 너머 드넓은 평야가 펼쳐져 있었던 것이다.

지금도 기억나거니와 외가에 이르자 마당과 처마 밑과 대문 옆 헛간에 볏섬들이 드높게 쌓여 있었다. 아, 어머니는 원래 부잣집 규수였군, 이라고 생각하며 나는 그 집을 떠나올 때까지 괜히 들떠 있었다. 부엌이든 마루든 광이든 어디나 먹을 것들이 즐비하게 놓여 있었고(환갑잔치였으므로) 걸인이든 이웃마을 사람이든 누구나 마음대로 대문 안으로 들어와 마루나 마당에서 상을 받고 이

옥고 배불리 취해서 나가는 것이었다. 그때의 풍요로웠던 광경이 아직도 내게 눈부시게 남아 있는 걸로 봐서 이후 나는 더 이상 그러한 장면을 목격하거나 경험하지 못했음이 분명하다.

환갑잔치가 끝나고 저녁참이 되자, 소란스러웠던 낮 동안엔 잊고 있었던 은은하고 달콤한 향내가 사방에서 집 안으로 스며들어 오고 있었다. 이게 무슨 냄새죠? 라고 내가 외할머니에게 묻자 그녀는 대꾸 없이 그저 향기로운 표정으로 웃어 보일 뿐이었다. 뒤미처 나는 그 냄새의 정체를 깨닫고 있었다. 그것은 다름 아닌 가을 사과밭에서 안개처럼 밀려들어오는 과육果肉 향기였다. 오, 그때 나를 바라보며 웃고 있던 외할머니의 표정을 나는 두고두고 잊을 길이 없다. 나는 과육 향기에 덮여 잠이 들었고 꿈속에서 내내 잔기침을 하고 있었다. 나는 태어날 때부터 기관지가 약한 아이였던 것이다. 아침 일찍 깨어나 대문 밖으로 나가 보니 노을처럼 붉은 사과밭 위에 하얗게 서리가 내려 있었다.

스물다섯에 혼례를 올리고 나서(어머니는 1남 5녀의 장녀였다) 어머니는 친정집에서 버스로 한 시간쯤 떨어진 시댁으로 몸을 옮겨 왔다. 시댁이란 바로 내가 태어난 집이 되겠다. 시집을 오자마자 어머니는 노비와 다름없이 집안의 궂은일을 혼자 도맡게 되었다. 아버지는 차남이었으나 장남인 백부가 방랑 중인 데다 큰어머니 또한 친정에 가 있었으므로 어쩔 수 없었을 것이다. 그렇다고 시부모의 각별한 사랑을 받은 것도 아니었다. 어머니가 조그만 실수라도 하게 되면 나의 할머니는 '홀어미 밑에서 큰 여식이라더니……' 운운하며 어머니를 자주 구박했다고 한다. 그 와중에도 어머니는 누나와 나를 생산했고 어느 핸가 백부가 방랑에서 돌아온 틈을 타서 아버지에게 도회지로 분가를 하자고 졸랐다. 백부만큼은 아니더라도 웬만큼 역마살이 있던 아버지는 곧바로 안방에서 책을 읽고 있던 조부에게 찾아가 결연한 태도로 말했다.

"이제 형님도 돌아오셨으니, 저희는 따로 살림을 내겠습니다."

아버지 또한 그동안 장남 역할을 하느라 꽤나 고생을 했을 터였다. 사실 아버지에게는 분가를 주장할 권리가 있었다. 조부는 아버지를 거들떠보지도 않은 채 끝내 한마디 대꾸조차 하지 않았다. 거듭된 발언에도 조부가 귀를 기울여주지 않자 아버지는 노잣돈조차 없이 누나와 나를 집에 남겨놓은 채 어머니의 손을 이끌고 도망치듯 집을 나가버렸다. 내가 네 살 무렵의 일이었다. 나와 두 살 터울의 누나는 그로부터 2년 후에 부모에게 보내졌고, 나는 아홉 살이 될 때까지 조부모 밑에서 성장했다.

나의 부모가 본가를 떠나 처음 정착한 곳은 온양 변두리에 있는 방앗간이 딸린 과수원이었다. 수중에 가진 것이 없었으므로 도회지로 나간다 해도 방 한 칸 얻을 수 없는 신세였다. 아버지는 아무 연고도 없는 방앗간 주인을 무작정 찾아가 일을 거들며 살 수 있게 해달라고 사정하고 애원했다. 주인의 눈에는 당시 내 부모의 행색이 아마도 금기를 위반한 커플쯤으로 보였을지 모르겠다. 사정을 딱하게 여겼음인지 주인은 방앗간과 과수원 일을 내 부모에게 맡기며 가을이 되면 소출 보고나 제대로 하라고 덧붙였다. 그리하여 이 젊은 부부는 방앗간에 딸린 귀퉁이 방에서 분가 살림을 차리게 되었는데, 어머니는 자신의 신세가 더할 나위 없이 처량하게 느껴져 밤마다 과수원에 가서 울고 돌아와서야 잠이 들었다.

그런데 막상 아버지는 농사에는 조금의 관심도 남아 있지 않은 상태였다. 본가를 떠나올 때 다시는 농사 일을 거들떠보지 않으리라 결심까지 한 터였다. 그러니 다만 당장 오갈 데가 없어 과수원 일을 자청했던 것뿐이었다. 웬만큼 자리가 잡히는 듯하자 아버지는 형편에 어울리지 않게 오토바이를 사서 새 사냥을 다녔으며 어디선가 멕시코산 투계를 구해 와 허구한 날 닭싸움을 관람하는 재미로 살았다. 만약 아버지가 어머니를 위해 한 일이 있다면 방앗간 옆에 두 칸짜리 집을 새로 지은 것이 전부였다.

아무래도 먹고살기가 쉽지 않자 어머니는 그 집 마루에 조그만 구멍가게를 냈다. 물건은 아버지가 가끔 온양 시내에 나갈 때마다 떼 왔다. 그러나 가게를 찾아오는 사람은 하루에 한두 명이 고작이었고 그중에는 왜 가게에 술이 없냐고 따지는 축들도 있었다. 결국 구멍가게 마루는 주막으로 전락했고 어느 날 술에 취한 동네 사람이 행패를 부리는 바람에 아예 문을 닫아버리고 말았다. 또 그즈음에 방앗간 주인이 찾아와 과수원의 소출이 갈수록 줄어든다며 내 부모에게 그만 떠나라고 말했다. 어머니는 몇 년 전 그곳에 도착했을 때와 똑같은 모습으로 보따리 하나만 들고 아버지의 뒤를 따라 온양으로 갔다. 거기도 물론 시내 중심부는 아니었다. 도회 변두리에 위치한 허름한 집의 단칸방 하나를 얻어 보따리를 풀고 부엌에 들어가 보니 먹을 것은 물론이고 수저 한 벌조차 없었다. 이대로는 정말 아니 되겠다 싶어 어머니는 다음 날 외가로 출발해 저녁참에 외할머니, 외삼촌과 마주 앉아 읍소하듯 말했다. 사정과 형편이 이러저러하니 밭뙈기라도 한 마지기 팔아 도와주시기를 간곡히 청하옵니다. 외할머니와 외삼촌은 그 즉시 금붙이 등속과 가지고 있던 현금을 챙겨 어머니를 온양으로 돌려보냈다. 그 돈으로 아버지는 쌀가게를 차렸으나, 1년이 채 지나지 않아 가게 문을 닫고 말았다. 그즈음 나는 부모에게 와 있었으므로 그날의 장면을 직접 목격했다. 더불어 막내 여동생이 태어나 단칸방에는 무려 여섯 식구가 피난민처럼 기거하고 있었다.

몇 달 뒤 온양을 떠나 우리 가족은 미군 부대가 있는 평택으로 이사했다. 그곳엔 셋째 이모 부부가 살고 있었는데, 이모부는 미군 부대에서 나온 물품들을 시장에 내다 팔고 있었다. 이를 테면 영어를 좀 할 줄 아는 아버지가 그 일을 거들게 된 셈이었다. 그러나 형편은 조금도 나아지지 않았다. 어린 내가 느끼기에 평택은 인심이 사나운 동네였다. 밤에 화장실을 가는 데도 주인집에서 열쇠를 건네받아야 할 정도였으니까. 어머니와 누나는 몸을 숨겨 부엌에서 종종 볼일을 보는 눈치였다. 그때마다 어머니는 치를 떨었다. 얘야, 이것이 과연 삶이라는 거냐? 라는 눈빛으로 나를 슬프게 바라보곤 하는 것이었다.

　평택을 떠나 우리가 간 곳은 대전 변두리 어디쯤이었다. 물론 셋방살이는 계속됐고 아버지는 이 일 저 일에 손을 대보았으나, 제대로 되는 일은 불가해할 정도로 단 하나도 없었다. 그동안 아마 복권을 샀더라도 한 번쯤은 당첨이 됐을 터인데, 아버지에게 그런 행운은 결코 따라주지 않았다. 문방구점도 꽃집도 슈퍼마켓도 가족의 생계를 보장해주는 데는 조금의 기여도 해주지 않았다.

　내가 초등학교 5학년 때 어머니는 비로소 온전한 자신의 집을 가질 수 있었다. 내가 모르는 사이에 아버지가 무슨 수를 썼는지 대전 변두리에 방 세 칸짜리 작은 집을 짓게 된 것이었다. 당시 아버지는 고향 친구가 운영하는 철강 제품 대리점에서 함께 일하고 있었다. 어머니는 손수 마당에 장독과 화단을 만들었고 그 좁은 마당에 오리와 닭과 고양이를 풀어 키웠다. 그래서 학교에서 돌아와 대문을 열고 들어갈 때면 마치 동물농장에 온 기분이 들었다. 집이 좀 복잡하고 어수선하긴 해도 나는 그게 좋았다. 그리고 그때 나는 '집'이란 어머니의 고유한 영역이자 영토라는 것을 확연히 알게 되었다.

어머니는 1976년에 지어진 그 조그만 집에서 2010년까지 살았다. 말하자면 반평생을 거기서 살았던 것이다. 그 사이에 자식 넷은 장성해서 모두 출가했으며 유독 어머니의 속을 썩인 자식이 둘이나 있었고 그중에 하나는 바로 나였다(초등학교 때 이미 가출을 시도했으며 이후 그 일은 계속 반복되었다). 워낙 헐값을 들여 지은 집이라 집도 자주 속을 썩였다. 굳이 말하자면 선천적으로 약골에다 병치레가 잦은 아이로 태어난 나와 상태가 비슷했다. 헐거운 슬레이트 지붕은 장마철이 되면 견디지를 못하고 오줌을 지리듯 방바닥에 빗물을 떨구곤 해서 세숫대야를 들여놔야 했다. 콘크리트 재질의 조립식 담도 천천히 각도가 기울기 시작하더니 어느 핸가 지나가던 아이가 발로 툭, 차는 바람에 기다렸다는 듯 무너지고 말았다. 또 어느 핸가는 윗집(주인이 고등학교 생물 교사였다)에서 마당에 돼지 축사를 지어 식수로 쓰는 지하수에서 거품이 섞여 나왔고 당연히 오물 냄새가 진동했다. 세월이 흘러감에 따라 철대문도 녹이 슬어 페인트를 덧칠하다 못해 결국 교체했으며, 어머니가 그토록 소중하게 여기던 꽃밭을 없애고 아버지가 거기다 방을 하나 더 들이는 바람에 집은 더욱 비좁아졌다. 더불어 화사하던 동물농장도 영원히 사라져버리고 말았다.

그럼에도 어머니는 끝까지 그 집을 떠나고 싶어 하지 않았다. 잦은 이사와 셋방살이에 지쳐갈 무렵 처음 가져본 당신의 집이었기 때문이리라. 집 구석구석엔 오랜 세월 어머니의 손때가 묻어 있었고 그렇다는 것을 그 누구도, 어머니 자신만큼은 알 길이 없었다. '이제 죽을 때가 됐으니 그때까지 여기서……'라는 표현을 어머니는 자주 썼다. 그러다 자식들의 염려 섞인 억지에 떠밀려 결국 요양원 같은 아파트로 이사를 하고 말았다. 화단도 장독대도 우물도 마루도 하늘도 없는 답답한 박스형의 콘크리트 공간으로 말이다. 그 요양원 같은 공간을 어머니는 끔찍하게 생각했다. 거기서는 죽음을 기다리는 일 외에는 달리 할 일이 없는 것처럼 말이다.

이사를 하고 나서 한 달쯤 후 어머니로부터 전화가 걸려왔다. 혼자 버스를 타고 슬쩍 옛집에 다녀왔다는 것이었다. 거긴 왜요?

나는 순간 가슴이 철렁 내려앉았다.

"우리가 그 집을 목수한테 팔았잖니. 근데 한 달 사이에 번듯한 별장처럼 고쳐놨더구나. 마당에 따로 들였던 방도 치워버리고, 거기에 넓은 화단까지 만들어놨더란 말이다."

"……."

나는 돌연 목이 메어와 아무 말도 할 수가 없었다. 어머니가 힘겨운 목소리로 재차 물어왔다.

"너 지금, 듣고 있는 거냐?"

이윽고 어머니의 목소리가 내 몸속 곳곳에서 들끓듯 메아리치기 시작했다. 그제야 나는 새삼스럽게 번쩍 깨달았다. 내 몸이 곧 어머니의 몸이었다는 것을.

휴게소, 공항, 역, 터미널
—우연과 필연이 마주치는 지점

어디에 가거나 머물게 되면 가끔 이런 생각을 하게 된다. 사람들은 대개 어떤 공간들을 좋아할까? 영화관이나 백화점? 혹은 아치형의 수족관이 있는 빌딩, 테라스가 있는 해변의 카페, 마당에 잔디가 깔린 전원주택? 나도 물론 이런 곳들을 좋아한다. 그리고 맥주 공장과 자동차 공장, 저녁이 되면 계단에서 노을을 볼 수 있는 도서관, 단정하게 차려입은 바텐더가 존재하는 재즈바, 호수가 보이는 펜션 등등.

그럼에도 실은 내가 가장 좋아하는 공간은 휴게소, 공항, 기차역, 버스 터미널 이런 곳들이다. 말하자면 경유하는 공간이 되겠다. 언젠가 나는 차를 몰고 동해안을 따라 고속도로를 달려가면서 미국의 현대 음악가인 필립 글래스의 음악을 들었다. 당시 나는 수개월 동안 오직 필립 글래스만 듣고 있었다. 저녁 무렵이어서 나는 가볍게 식사도 하고 담배도 피울 겸 '동해 휴게소'로 들어가 주차를 하고 자동차의 시동을 껐다. 그와 동시에 너무나 당연한 현상이지만, 필립 글래스의 음악도 귀에서 사라졌다. 그리고 잠시 후 나는 잊을 수 없는 경험을 하게 된다.

나는 식당으로 들어가 음식(소고기 국밥이었던 걸로 기억한다)을 주문하고 식탁 의자에 앉아 통유리창 밖으로 저물어가는 바다를 내다보고 있었다. 그때 내 나이는 마흔 무렵이었고 어금니 하나가 흔들려 우울증에 시달리고 있었고 소설도 그다지 잘 써질 때가 아니었다. 때마침 휴대폰 벨이 울려 무심코 받아보니 카드 회사에서 걸려온 전화였다.

나는 굳이 안 해도 될 말을 내뱉고 일방적으로 전화를 끊어버렸다.

"퇴근 시간이 이미 지난 것 같은데, 수고 많으시네요. 올해도 즐거운 크리스마스가 되시기 바랍니다."

때는 10월이었으므로 크리스마스가 되려면 앞으로 두 달 가까이나 남아 있었다. 말하자면 나는 얼굴도 모르는 누군가에게 신경질을 부리고 있었던 것이다. 그때 내 귀에 아주 익숙한 음악이 들려왔다. 나는 환청인가 싶어 어? 하고 주위를 둘러보았다. 그것은 식당 천장 구석에 붙어 있는 낡은 스피커에서 흘러나오는 소리였다. 나는 순간 극도의 혼란한 상태에 빠져버리고 말았다. 그것은 내가 조금 전에 차를 운전해 오면서 듣고 있던 필립 글래스의 「해변의 아인슈타인」이란 곡이었기 때문이었다. 고속도로의 외진 휴게소에서 필립 글래스, 그것도 방금 전에 내가 듣던 곡이 흘러나오고 있다는 사실을 나는 어떻게 받아들여야 할지 도무지 갈피를 잡을 수 없었다.

맛없는 소고기 국밥(정말 끔찍할 정도로 맛이 없었다)을 꾸역꾸역 입으로 퍼 넣고 있는 동안, 나는 지금까지 살아온 내 전 생애가 이 외진 휴게소 안으로 따라 들어와 나와 마주하고 있음을 깨닫고 있었다. 이를테면 나는 나의 실존과 대면하고 있었던 것이다. 그 이상도 이하도 아닌 지금 이 상태의 나. 나는 그것이 곧 나의 전체라는 것을 인정하고 받아들이지 않을 수 없었다. 그 시각 현재, 나는 가난한 여행자에 불과했고 미래가 불투명했으며 사람들과의 관계도 썩 좋지 않았다. 그날도 나를 찾은 사람은 카드 회사 직원 한 사람뿐이었다. 휴게소 식당 문을 밀고 나오면서 나는 비로소 깨달았다. '생은 다른 곳에'(밀란 쿤데라의 소설 제목)가 아니라 '바로 여기'에 존재한다는 것을. 그리고 사람은 누구나 이 세상을 스쳐 가는 한갓 여행자에 불과하다는 것을. 또한 그것을 가장 잘 의미하는 공간은 이렇듯 휴게소, 공항, 버스 터미널, 기차역 같은 분기점에 위치한 임시적 장소라는 것을.

이후 나는 삶을 대하는 자세에 있어서 전보다는 조금 겸허해지고 사람들을 바라보는 시선에 있어서도 얼마쯤 편견을 떨쳐버릴 수 있었다. 왜냐하면 그들이나 나나 결국 한통속, 한종족이라는 것을 알게 되었기 때문이리라. 또한 그 사건(분명 하나의 사건이었다!)을 경험하고 나서 삶 자체의 무게가 한결 가볍게 여겨지는 현상도 찾아왔다.

고속도로 휴게소에서 한번은 이런 일도 있었다. 소설을 쓰기 위해 차에 짐을 가득 싣고 남쪽 지방으로 내려가다가 '천안삼거리 휴게소'에서 밥(병천 순대 국밥이었다)을 먹고 있는데, 건너편 테이블에 앉아 있는 남녀가 마치 필연적인 장면처럼 눈에 들어왔다. 남자는 등을 보인 상태여서 얼굴을 볼 수 없었지만, 여자는 나와 마주 보이는 자리에 앉아 있었다. 그 여자는 한때 나와 사귀었던 의상 디자이너였고 가끔 여행도 함께 다녔으며 내게 청혼을 한 바도 있었다. 단, 한 가지 조건이 있었다. 그것은 내가 직장을 갖는 것이었다. 물론 나는 그렇게 하지 않았다. 이후 그녀는 대기업에 근무하는 자와 결혼을 했고 내게는 청첩장조차 보내오지 않았다. 나는 숟가락을 든 채 망연히 그녀를 바라보고 있었다. 그리고 뒤미처 그녀와 눈이 마주쳤다. 그녀도 꽤나 놀란 눈치였다. 나는 그녀에게 부담을 주지 않기 위해 일부러 조금 웃어 보였으나 그녀는 얼굴을 붉히며 금세 눈길을 피했다. 이해할 만한 상황이어서 나는 서둘러 남은 밥을 꾸역꾸역 입안에 퍼 넣었다. 되도록 신속하게 자리를 피해주고 싶었던 것이다.

잠시 후 그녀가 나를 응시하고 있다는 느낌을 들어 나는 슬그머니 고개를 들었다. 그녀는 아까 내가 그랬듯이 어색한 표정으로 슬쩍 웃어 보였다. 나는 거울을 마주 보는 심정으로 따라 웃어주었다. 그리고 잠시 그녀와 복화술로 이런 대화를 나눴다.

내용을 간추리면 다음과 같다.

"오랜만이네요."

"전생의 일이련만, 아직도 나를 기억하는 모양이군."

"얼마 전에 신문에 나온 인터뷰 봤어요. 책이 또 나왔더군요."

"상관할 것 없잖아?"

"여태 화가 안 풀린 모양이네요."

"화를 내고 있는 게 아니야, 내가 왜 너한테 화를 내겠어, 다만 내 일에 관여하지 말아줬으면 해. 바로 내가 하는 일 때문에 너와 인연이 어긋난 거였잖아."

"후후. 결혼은 했나요?"

"글쎄올시다, 근데 여긴 어쩐 일이신가?"

"남편과 부산 시댁에 가는 길이에요. 인사시켜줘요?"

"원, 천만의 말씀. 앞으로 다시는 이런 식으로 해후하지 말자."

"끄덕끄덕, 그럼 내세에서 봐요. 그땐 당신과 기꺼이 결혼해 드릴게요."

"고맙구면. 그럼 나 먼저 일어나지. 갈 길이 바쁘거든."

내가 자리에서 일어날 때 그녀는 문득 환하게 웃었다. 지금도 나는 그때 그녀를 거기서 우연히 만났다는 사실을 아주 다행으로 여기며 살고 있다. 아마 휴게소가 아니었더라면 그녀와 만나는 일은 평생 없었을지도 모른다. 이렇듯 휴게소는 만남과 헤어짐이 동시에 발생하는 곳이며 또한 우연과 필연이 마주치는 공간이기도 하다.

전에 제주도에서 살 당시(2년을 살았다) 나는 사람이 그립거나 삶의 감각이 무뎌진다 싶으면 공항에 가서 몇 시간씩 앉아 있곤 했다. 대기실 의자에 앉아 오가는 사람들의 얼굴을 오랫동안 눈여겨보다 작업실로 돌아오는 것이었다. 그 일은 확실히 글을 쓰거나 삶을 살아가는 데 어느 정도 도움이 되었다. 무엇보다도 나는 여행자 차림의 사람들 모습을 보는 게 좋았다. 그들의 얼굴에는 흥분과 기대, 피로와 허무, 슬픔과 고통, 기쁨과 설렘 같은 삶의 온갖 감정들이 드러나 있었다. 그리고 그들 또한 알고 있는 것 같았다. 사람들이 오가는 공항이 삶이 축소된 공간이라는 것을. 삶의 현장성이 가장 적나라하게 드러나 있는 공간이라는 것을.

나는 혼자 여행을 많이 하는 편인데, 유럽의 큰 도시에 가면 어디나 있는 중앙역(「중앙역」이라는 영화도 있다)이 있고 그곳에 막연히 앉아 있는 것을 또한 좋아한다. 말하자면 '중앙역'은 어느 나라, 어느 도시로든 갈 수 있는 곳이었다. 30대 중반의 어느 날, 밀라노 중앙역에 앉아 있을 때의 기억이 되살아난다. 나는 거기서 베네치아로 가기 위해 기차 시간을 기다리고 있었다. 배가 고파 대리석 벤치에 앉아 샌드위치를 먹고 있었을 것이다. 그때 저쪽에서 누군가 내 앞으로 다가오더니, 이윽고 말을 걸어왔다.

"소설가 Y씨죠? 샌드위치 맛있나요?"

나는 깜짝 놀랐다. 그녀가 한국인이라는 것을 알았지만, 그래도 역시 놀라지 않을 수 없었다.

"아, 네, 그런데 누구시죠?"

나는 샌드위치를 뒤로 감추며 엉거주춤 자리에서 일어났다. 그러자 그녀가 말했다.

"일어나지 마세요. 제가 옆에 앉으면 되니까요. 샌드위치 계속 드시고요."

"……."

"저는 그쪽이 알고 있는 누군가가 아니라, 그냥 한 사람의 지나가던 독자예요. 근데 사진하고 이상할 정도로 모습이 똑같네요."

"대학생인가요?"

"정확히 말하면 대학원생이고 파리에서 유학 중이에요. 지금은 여행을 마치고 파리로 돌아가는 중이고요."

"어디서 오는 길인데요?"

'줄리엣 하우스'가 있는 베로나에서 오는 길이라고 그녀는 말했다.

"베로나에서 버스를 타고 한 시간쯤 가면 '시르미오네'라는 커다란 호수가 있는데(이탈리아에서 두 번째로 큰 호수다) 벨기에 사람이 운영하는 조그만 펜션에서 일주일 동안 잠만 자다 왔어요. 그곳은 너무나 아름다운 곳이더군요. 오래된 성과 커다란 올리브 나무들이 있고 또 호수를 한 바퀴 도는 유람선이 있거든요."

그 말을 듣는 순간 나는 갑자기 시르미오네로 가야겠다는 생각이 들었다. 베네치아는 그다음에 가면 되는 것이다. 안 그래도 나는 한 달간 유럽을 여행하느라 몹시 지쳐 있던 상태였다. 거기 가서 며칠간 쉬면서 글을 쓰고 싶었다. 하지만 나는 그녀에게 그 말은 하지 않았다.

　"실은 오래 만나오던 남자와 헤어지고 나서 떠나온 여행이었어요. 떠나올 때만 해도 굉장히 힘들었는데, 이제 좀 괜찮아진 거 같지 않아요?"

　나는 그런 것 같다고 웃으면서 고개를 주억거렸다. 그러자 그녀도 야릇한 소리를 내며 따라 웃었다.

　"저, 그럼 이제 가봐야겠어요. 곧 기차가 출발할 시간이거든요. 헤어지기 전에 한 가지 부탁이 있는데, 만난 기념으로다가 악수한 번 하면 안 될까요?"

　"안 될 게 뭐 있습니까?"

　"근데, 딱 1분만 손을 잡고 있고 싶은데, 너무 긴가요?"

　"……그럼, 59초로 하죠."

　"그건 왜죠?"

　"리처드 브라우티건의 소설에 이런 구절이 나옵니다. '그것은 1분이 되기 전의 영원한 59초'."

그녀는 물기가 어린 아련한 눈빛으로 나를 쳐다보았다. 손을 잡고 있는 동안 그녀는 줄곧 손목시계를 들여다보고 있었다. 이윽고 그녀가 '59초!' 하고는 잡고 있던 손을 놓더니, 뒤도 돌아보지 않은 채 머리채를 흔들며 플랫폼으로 뛰어갔다.

그녀가 떠난 뒤 나는 행선지를 바꿔 베로나로 가는 기차를 탔다. 그리고 베로나에서 버스로 갈아탄 다음 벨기에인 부부가 운영하는 호숫가의 펜션을 찾아가 일주일 동안 묵으며 단편소설을 한 편 썼다. 이 모두가 밀라노 중앙역에서 우연히 마주친 그녀 때문에 비롯된 일이었다. 아, 그런데 나는 지금 그녀의 이름조차 모르고 있지 않은가!

마지막으로 하나 덧붙이고 싶은 이야기가 있다. 앞의 글(「늙은 그녀」)에서 나는 내 부모가 분가해 처음 살았던 집에 대해 얘기한 바 있다. 그러니까 온양 근처 과수원 아래 있는 방앗간 집에 대해서.

그 집을 떠나고 나서 30년이 지난 뒤, 나는 아버지와 함께 차를 몰고 우연히 그 앞을 지나게 되었다. 그런데 당시 우리 가족이 살던 집은 감쪽같이 사라지고, 바로 그 자리에 커다란 휴게소가 들어서 있었다. 현존하는 그 휴게소의 이름은 '남성리 휴게소'

이다.

누군가 술을 마시다 떠난 지하 카페
—은행잎이 쏟아져 내리던 날

지난 11월의 어느 수요일에 나는 다음과 같은 문자 메시지 한 통을 수신했다.

올해도 정동길의 은행나무들은 자태가 여전하네요. 혼자 걷다 보니 아 랫도리로 노란 물이 리트머스 시험지처럼 스며 올라옵니다.

오후 네 시경, 하오의 햇살이 먼지 낀 창틀을 지나 눈앞에서 가물가물 사라지고 있을 때였다. 10분 후 나는 회의에 참석하기로 예정돼 있었다. 문자를 보내온 사람은 부산에 살고 있는 아동문학 작가였다. 그녀와는 8년 전, 모 환경단체에서 주관하는 행사에서 만나 배를 타고 일본 북해도와 러시아 블라디보스토크까지 함께 다녀온 것이 인연이 돼 1년에 두어 번쯤 만나는 사이였다. 내가 부산에 내려가 만난 적도 있고 그녀는 딸이 서울에서 대학을 다니고 있어 가끔 상경할 때마다 내게 문자를 보내오곤 했다. 말하자면 방금 받은 문자 메시지는 그녀가 지금 서울에 와 있다는 뜻이었다. 작년 이맘때에도 광화문에서 만나 저녁을 먹고 정동길을 걸었던 기억이 잠깐 떠올랐다.

하지만 나는 그녀를 만나러 나갈 여유가 없었다. 이듬해에 은행나무가 다시 노랗게 물들 때를 기약하자는 내용의 답 문자를 보내고 나는 회의에 참석하기 위해 서둘러 자리에서 일어났다.

그 주 토요일에 나는 혼자 북한산을 등반하고 오후 서너 시경에 정릉탐방센터 방향으로 하산했다. 아침에 산에 올라갈 때는 몰랐는데, 북한산 초입부터 은행나무들이 줄지어 서 있었다. 나는 돌부리에 걸린 듯 잠시 머뭇거리다, 바람에 날려 떨어지는 은행나무 잎들을 부신 눈으로 쳐다보았다. 그러고 있자니 문득 동숭동 대학로의 은행나무들이 눈앞에 떠오르는 것이었다. 나는 더 늦기 전에 그 나무들을 봐둬야겠다는 생각이 들었다. 한 주만 더 지나면 다들 헐벗은 나무로 변할 기세였다.

나는 집으로 가는 대신 등산 배낭을 멘 채 대학로로 가는 버스에 올라탔다. 거리엔 슬슬 어둠이 깃들기 시작하고 있었다. 그리고 마로니에 공원에 도착했을 때는 금세 밤으로 변해 있었다. 공원에 서 있는 은행나무들이 간헐적으로 바람이 불어 갈 때마다 수만의 낙엽들을 떨구고 있었다. 그와 동시에 공원에 있는 사람들의 입에서 일제히 와아! 혹은 우! 하는 탄성(탄식)이 흘러나왔다. 나는 불현듯 외로움에 사로잡혔다. 부산으로 문자를 보내려다, 나는 괜한 짓을 하는 것 같아 짐짓 사위를 두리번거리고 나서 술집이나 찾아가기로 했다.

그 술집의 이름은 '나무'였다. 그런데 수년 동안 들러본 적이 없어 막상 위치를 기억해내기가 힘들었다. 방송통신대 뒤편이었지 아마? 라는 막연한 느낌에 의지해 그쪽 골목을 뒤져보았으나 그런 이름의 술집은 찾을 수 없었다. 그동안 문을 닫았거나 다른 곳으로 옮겨 갔는지도 모를 일이었다. 그게 대부분 술집들의 운명이자 속성이었다.

나는 다시 마로니에 공원으로 돌아와 극작가인 후배에게 전화를 걸었다. 그는 초저녁부터 잠을 자고 있었고 이불 속에서 잠꼬대처럼 전화를 받았다.

"새벽에 깨면 어쩌려고 그새 누웠는가? 과인이 누군지는 알겠는가?”

그는 가위에 눌린 듯한 소리로 힘겹게 되받았다.

“제 희곡에 나오는 등장인물인가요?”

“그만 몸을 털고 일어나 불부터 밝히지그래.”

그가 꾸물거리며 일어나 형광등 스위치를 올리고 물을 마시고 현실감각을 되찾을 때까지 나는 인내심을 가지고 기다렸다.

“느닷없이 어쩐 일이세요?”

“주말인데 바삐 나와서 한잔하고 들어갔으면 해서.”

“오늘 아침까지 퍼대다 들어왔는걸요. 점심때 일어나 겨우 해장만 하고 대체적으로 누워 있었어요. 뒤통수에 총알이 박힌 것처럼 아직도 어질어질하네요.”

“……지금 대학론데 그럼 한 가지 문의하자. 지금으로부터 6, 7년 전, 그대의 사부와 어울려 우리가 자주 가던 술집 이름이 ‘나무’ 맞지?”

“그건 왜요?”

“그새 사라졌나? 아무리 뒤져봐도 간판을 찾을 수가 없네. 방송통신대 뒤편 골목 아니었어?”

“나무요? 그쪽이 아니라 길 건너 반대편에 있어요. 제가 오늘 아침까지 거기서 마셨으니까, 아직 그대로 있을 거예요.”

나는 '길 건너편'이라는 말에 돌연 혼란에 휩싸였다. 그동안 방위감각에 있어서만큼은 누구보다 예민하다고 생각하며 살아왔던 것이다. 내가 입을 다물고 있자 그가 계속 너스레 떨었다.

"이상하게 그 집의 위치에 대해서는 다들 헷갈려 하네요. 저도 가끔 그렇긴 하지만요."

"우리가 지금 다른 집에 대해 얘기하고 있는 건 아닐까?"

"'나무'라면서요. 그럼 그 집 맞아요. 전에 여럿이 어울려 가끔 가던 지하 술집."

"우리가 늘 취한 상태에서 그 집에 갔던가?"

"대체로 그런 편이었죠. 저녁을 먹은 다음에 2차, 3차로 옮겨 갔으니까요."

나는 허탈한 심정으로 후배에게 '나무'의 위치를 자세히 물어보았다. 뭔가 맥이 빠져 있었으나 이대로는 집으로 돌아갈 수 없다는 쓸데없는 오기가 생겨 있었다.

"차라리 그냥 제가 나갈게요. 사각지대에 처박혀 있어서 말로 해서는 찾기가 힘들거든요. 택시 타고 갈 테니까, 거기서 30분 정도만 보초 서고 계세요."

나는 마로니에 공원에 계속 서 있을 수밖에 없었다. 후배를 기다리는 동안에도 와아! 혹은 우! 하는 외침이 이따금씩 환청처럼 귀에 쏟아져 들어왔다.

후배의 스승 격인 '그'와 만난 것은 내가 제주도에서 돌아온 2005년이었다. 당시 나는 일산에 머물고 있었는데, 여름 즈음하여 원주 토지문화관으로 소설을 쓰기 위해 짐을 싸 들고 들어갔다. 그는 나보다 한 달 일찍 들어와 그곳에 머물고 있었다. 나는 낯가림이 심한 편이어서 사람들과 쉽게 어울리지 못하는 성격이다. 그러나 두 달을 함께 지내는 동안 그와 나는 이러구러 술을 매개로 가까워졌다. 그는 한국예술종합학교에서 학생들을 가르치고 있었고 극작가이자 연출가로 활동하고 있었다. 낯가림이 있는 사람들은 막상 누구와 가까워지게 되면 연애라도 하듯 서로 집착하는 경향을 보이곤 한다. 어렵사리 마음을 터놓고 지내다 보니 그와 나는 동맹을 맺은 듯 어느덧 서로 놓여나지 못하는 관계가 되고 말았다.

늦여름에 우리는 '부산—영덕—안동' 코스로 둘이 여행을 다녀왔고 이후에도 대학로에서 자주 만나 어김없이 취한 상태에서 헤어지곤 했다. 하물며 그는 서울에서 술을 마시다 자정이 넘은 시각에 일산으로 택시를 타고 오기도 했으며, 혼자 여행을 하다가도 버스 터미널이나 기차역에서 내게 전화를 걸어오기도 했다. 그럴 때마다 나는 야릇한 불안감에 휩싸이곤 했다. 왜냐하면 그의 목소리는 늘 취해 있었기 때문이었다. 왜 그랬을까? 비록 가까운 사이라 하더라도 누군들 한 사람의 속내를 속속들이 알 수 있겠는가.

그로부터 2년 뒤 그는 간암으로 갑작스레 세상을 떠났다. 내가 다시 토지문화관에 들어가 글을 쓰고 있던 여름이었다. 이후 나는 가급적이면 대학로에 나가지 않았고 연극도 보러 다니지 않았다. 그리고 더욱 낯가림이 심한 사람으로 변했다. 40대 중반에 새삼스럽게 사람 욕심을 내고 싶지도 않았으며 자신을 감당하기에도 벅찬 날들이 계속되고 있었다. 그런데 갑자기 나는 왜 그가 그리워졌던 것일까?

꼭 이맘때 그와 마로니에 공원에서 만났던 수년 전의 기억이 떠오른다. 오늘처럼 은행나무 잎들이 무더기로 쏟아져 내리던 저녁 무렵에 말이다. 그날도 여기저기 술집을 전전하며 밑도 끝도 없는 이야기들을 새벽까지 주고받다 길바닥에서 유령처럼 헤어졌다. 그런데 참으로 허망한 것이 그때 나눴던 이야기들이 지금은 기억 속에서 대부분 사라졌다는 사실이다. 이미 이 세상에 없는 사람을 떠올린다는 것은 부질없는 일일뿐더러, 자칫 힘겹게 유지하고 있던 현실감각을 무디게 만들어놓는다. 하물며 그와 함께 있었던 장소를 찾아간다는 것이 도대체 무슨 의미가 있는 것일까?

30분이 조금 더 지나 극작가 후배가 도착했다. 후배는 '그'가 세상을 떠나기 전에 옆에 두고 아끼던 학교 제자였다. 나는 비에 젖은 채 처마 밑에서 떨고 있는 중처럼 중얼거렸다.

"틀림없이 방송통신대 뒤편이었는데……."

후배는 별로 상관하고 싶지 않다는 표정으로 말했다.

"바람까지 불어대고 있으니 새벽녘이면 은행잎도 다 떨어지겠네요. 뭐 때가 돼서 떨어지면 떨어지는 거지만요. 날도 추워지는데 청소부들만 힘들겠어요."

그는 따라오라는 듯 앞장서 횡단보도를 건넜다. 이윽고 눈앞에 익숙한 골목이 다가왔다. 나는 보도블록 위로 올라서며 잡아채듯 그에게 물었다.

"잠깐, 이 골목 안에 있는 술집에도 우리가 간 적 있지 않아?"

후배가 뒤를 돌아보더니 무감한 어조로 되받았다.

"네, 선생님 돌아가시기 전에 마지막으로 함께 만났던 술집이 골목 끝에 있읍죠."

나는 기웃기웃 골목 안으로 들어가보았다. 그러자 거대한 후박나무가 서 있는 술집 마당이 눈에 들어왔다. 그랬다. 그해 6월의 어느 주말에 우리는 연극을 관람하고 나와 후박나무 아래 앉아 맥주를 마셨다. 그날 '그'는 귓속말로 내게 방학이 되면 어딘가로 여행을 떠날 예정이라고 말했다. 나는 곧 토지문화관으로 들어갈 거라는 말로 무심코 되받았다.

'나무'는 내가 짐작했던 곳과는 전혀 다른 장소에 있었다. 성균관대 쪽으로 빠지는 골목 어귀 지하에 위치해 있었던 것이다. 나는 계단을 내려가 구석에 자리를 잡고 앉았다. 그러자니 다시금 혼란스러운 느낌이 찾아왔다. 스탠드바를 보면 그때 그 집인 것 같고 깔끔한 인테리어를 보면 그 집이 아닌 것 같았다. 굳이 따지자면 천장이 좀 더 낮고 무대처럼 조명이 어두워야만 했다.

"최근에 개보수공사를 했나, 분위기가 좀 변한 것 같지 않아?"

"글쎄요, 저는 잘 모르겠는데요."

그 집을 제대로 찾아왔다는 것을 알게 된 것은 주방에서 나타난 여자가 한눈에 나를 알아봤기 때문이었다. 그녀는 연극 배우이면서 '나무'의 주인이기도 했다. 그녀는 내게 다가와 젖은 손을 내밀며 말했다.

"왜 그동안 그렇게 뜸했어요? 잘 지내시죠?"

그녀와 합석해 술을 마시는 동안 나는 술집을 제대로 찾아오긴 했지만, 오늘 내가 찾아가려고 했던 곳은 이 집이 아니라는 사실을 깨달았다. 그로부터 나는 그해 은행나무 잎이 쏟아져 내리던 날 그와 만나서 함께 갔던 방송통신대 뒤편에 있는 술집만 계속 생각하고 있었다. 나는 여배우와 얘기를 나누고 있던 후배를 일깨워 다시 물어보았다.

"혹시, 방송통신대 뒤편에 있는 술집 기억나는 데 없어?"

그러자 후배가 무표정한 눈빛으로 나를 돌아보더니, 이렇게 말하는 것이었다.

"전엔 안 그랬던 것 같은데, 집요한 데가 있으시네요. 선배님도 이제 나이 들어가나 봐요."

나는 새벽녘에 후배와 헤어져 혼자 방송통신대 뒤편에 있는 골목으로 갔다. 그리고 걸인처럼 이리저리 헤매다 마침내 눈에 익은 간판을 발견했다(그 술집의 이름까지 밝히고 싶지는 않다). 그제야 나는 잊었던 기억이 되살아났다. 그날 우리는 단둘이 이 집에 왔으며 그는 우울한 표정으로 요즘 몸이 썩 좋지 않다고 내게 고백 조로 말했다. 그런데 나는 그 말을 왜 심각하게 받아들이지 않았던 것일까? 나는 그의 어깨에 떨어져 있는 은행잎을 사이사이 훔쳐보며 그저 술이나 마시고 있었다.

그 후 우리는 두어 번 더 만났다. 그리고 후박나무 정원이 있는 맥줏집에서 마지막으로 본 뒤, 그는 불과 한 달여 만에 세상을 떠났다.

나는 비틀거리며 어두운 계단을 내려가, 이윽고 문을 두드려보았다. 문은 굳게 닫힌 채 끝내 열리지 않았다. 나는 꿈속인 듯 집요하게 그 집의 문을 두드려대고 있었다.

노래방
—그림자처럼 머물다 흔적 없이 사라지는

'노래방'의 기원에 대해 찾아보니 인터넷에서 다음과 같은 정보를 제공하고 있다.

1990년대부터 부산 지역을 중심으로 크게 번져 전국적으로 확산된 영상 가라오케 영업소. 반주가 입력된 기기에 동전을 넣고 화면에 나오는 가사와 영상을 보며 노래를 부르는 작은 공간을 말한다.

'가라오케'는 '빈空 오케스트라'라는 뜻이라고 한다. 즉 노래방은 일본 문화의 영향을 받아 생겨났으며, 일본과 인접한 부산을 통해 한반도에 상륙하게 되었음을 알 수 있다. 정확한 상륙 연도에 대해서는 알 길이 없다. 무엇이든 항상 기원에 집착하는 나로서는 아쉬운 대목이 아닐 수 없다.

내가 '기원에 집착하는 이유'는 어떤 식으로든 그것이 내 삶의 일부를 증거하고 있다고 믿기 때문이다. 과거를 돌이켜보면 과연 그렇다는 생각이 든다. 말하자면 어느 순간, 어느 지점에서 나는 난데없이 불어온 바람에 흔들리듯 공연히 들떠 있거나 야릇한 상실감에 사로잡혀 있었는데, 그게 아닌 게 아니라 노래방인 경우도 있었다는 뜻이다. 그런 상념에 사로잡힐 때마다 나는 나이 들어가는 자의 습성인 듯 그것의 기원이 못내 궁금해진다.

며칠 전에 나는 즉흥적으로 부산에 다녀왔다. 부산에 출장을 가 있던 친구가 내게 느닷없이 전화를 걸어와, 해운대 온천에서 하루 묵고 이튿날 서울로 함께 올라가자는 것이었다. 오랜만에 고향에 내려가 있는 친구의 목소리는 사춘기 소년처럼 들떠 있었다. 그래? 라고 반문한 뒤 나는 앞의 글(「누군가 술을 마시다 떠난 지하 카페」)에 잠깐 등장했던 아동문학 작가도 만날 수 있으면 좋겠다는 생각을 하고 있었다.

부산에 대해 나는 다소 각별한 감정을 가지고 있었다. 낮에 전화를 걸어온 친구는 고등학교 시절 경희대 백일장에서 만나 지금껏 인연을 이어오고 있는데, 내가 부산에 처음 가본 것도 그 친구

때문이었다. 그리고 1997년 가을인가, 나는 부산 해운대에 살고 있는 한 여성 독자로부터 한 통의 엽서를 받았다. 그녀는 매우 특별한 감성의 소유자로 그녀가 보내온 엽서나 편지를 읽고 나면 도무지 답장을 하지 않을 수 없었다. 이후 그녀는 세계 곳곳을 여행하며 이따금씩 내게 소식을 전해오곤 했다. 심지어는 노르웨이의 노르드곶에서 다음과 같은 내용의 엽서를 보내오기도 했다.

세계의 끝인 듯, 이곳은 너무나 어둡고 추운 곳이에요.

그녀는 오래전에 결혼을 해 현재 태국에 살고 있으며 지금까지도 나와 이메일이나 편지로 가끔 소식을 주고받으며 지내고 있다. 또 10여 년 전인가, 벚꽃이 한창일 때 나는 기장 대변항에서 열리는 멸치 축제에 혼자 차를 몰고 다녀온 기억도 있었다.

오후 여섯 시 무렵 부산역에서 친구와 만나 자갈치 시장에서 모둠회를 먹고 아홉 시쯤 아동문학 작가와 합류했다. 어디로 가지? 라고 내가 묻자, 술과 노래가 겸비된 곳, 즉 가라오케로 가자고 친구가 말했다.

"노래방 말인가?"

"왜, 내키지 않아?"

"아니, 뭐…… 근래 노래를 불러본 적이 없어서. 별로 부를 만한 노래도 없고."

나는 아동문학 작가의 눈치를 살피며 노인처럼 두런거렸다. 그녀도 썩 반기는 기색은 아니었다. 하지만 중년문화라는 게 따로 존재하지 않는 한국에서는 별 선택의 여지가 없는 차순次順이기도 했다. 아무래도 진부한 느낌이 들어 나는 한 번 더 버텨보았다.

"노래방이라는 데가 대저 지하를 근거로 영업을 하게 마련인데, 그거 선사시대 혈거문화穴居文化보다 수준이 낮은 활동 양식이잖아. 게다가 난 기관지가 약해서 지하에 들어갔다 나오면 며칠씩 기침을 달고 살더라구. 얼굴도 탄부炭夫처럼 새까맣게 변하고."

"……"

"특히 난 지하 음식점엔 안 들어가. 도깨비나 유령처럼 땅속에 앉아서 밥을 먹는다고 생각해봐. 끔찍하지 않아? 지하문화는 자본주의와 도시문명의 산물이고 알다시피 자폐적이고 각박하기 짝이 없는 서울 지역에 광범위하게 분포돼 있지. 그런데 일껏 해안도시에 내려와 지하에서 악을 쓰며 시간을 보내고 싶진 않아. 차라리 해운대 모래사장에서 빈 맥주병을 들고 노래를 부르라면 어쩔 수 없이 부르겠지."

내 말을 귀 기울여 듣고 있던 두 사람의 입에서 거의 동시에 이런 말이 튀어나왔다.

"부산엔 밤바다가 내려다보이는 노래방이 얼마든지 있어요. 그냥 가죠."

"!……."

더 이상 대꾸를 못한 채 나는 두 사람의 뒤를 따라 노래방으로 올라갔다. 딱히 궁리할 만한 행사나 사업이 없었던 것이다. 아, 그런데 결국 또 노래를 불러야 한단 말인가.

내가 노래방에 처음 발을 들여놓게 된 건 1990년, 소설가로 등단한 후였다. 이제나저제나 사람 관계에 서툴고 적극적이지 못한 나는 문인들을 사귀는 데도 시간이 많이 걸렸다. 그럼에도 어찌어찌 안면을 트게 된 문인들끼리 가끔 만나 어울리게 되었는데, 1차는 대개 삼겹살 따위로 배를 채우는 일이었고 2차는 당시 전국적으로 유행이 번지기 시작한 노래방으로 옮겨 가기 일쑤였다. 나는 항상 그게 고역이었다. 자기 표현에 인색한 충청도 내륙 출신에 말수가 적으면 적을수록 좋다는 가르침을 받고 자란 나로서는 남들 앞에서 노래를 부른다는 일이 단편소설 한 편을 쓰는 것만큼이나 힘겨운 숙제이자 노동이었다.

게다가 남들 틈에 끼여 마지못해 따라가는 노래방은 죄 지하 일색이었다. 그때마다 어두웠던 청년 시절의 풍경이 눈앞에 떠오르곤 했다. 기침으로 연명했던 지하 자취방에서의 생활, 지하 술집을 전전하며 겪었던 다사다난했던 기억들이 되살아나 마음을 한껏 옥죄는 것이었다. 어떤 의미에서 나는 지하로 요약되는 과거로부터 탈출하기위해 지금껏 발버둥 치며 살아왔다는 생각마저 들었다. 그러니 목구멍에서 노랫가락이 매끈하게 흘러나올 리 없었다. 그러나 거듭 사양하다 보면 단순히 자리의 흥을 깨는 정도가 아니라, 사람들에게 건방지고 오만한 인상을 주는 지경에까지 이르곤 했다. 나는 수세에 몰려긴장한 나머지 이런 문어체의 말들을 내뱉기도 했다.

"저는 사랑을 멈춘 지 오래여서, 노래를 부를 만한 형편이 못 됩니다."

그래봐야 귀에 들려오는 건 비난 섞인 조롱이나 험담에 불과했다. 어떤 선배는 술에 취해 내게 이런 말을 퍼붓기도 했다.

"글쟁이 일용직 노동자 주제에 선비자연하지 마, 자샤. 근대 자본주의의 뱃속에서 유복자로 태어난 게 바로 소설이야. 그러니 소설가란 이 천민자본주의시대에 고아나 부랑자와 다름없는 존재가 아니고 무엇이겠어. 아니 그래?"

나는 듣다 못해 자리를 차고 일어나 마이크를 덥썩 집어 들었다.

"부르겠습니다."

단지 노래 때문에 이런 말을 들어야만 한다면 마침내 부를 때가 된 것 같다고 나는 생각했다. 그사이 누군가 또 낮은 목소리로 중얼거렸다.

"무슨 대회에 나온 것도 아닌데, 그냥 앉아서 불러. 여기 리모컨 있잖아."

나는 결연한 표정으로 단호하게 말했다.

"그냥 이대로 서서 부르겠습니다."

"애창곡이 뭔데? 내가 노래 사전을 뒤져서 정확하게 눌러줄게."

서른 무렵까지 살아오면서 제 발로 남 앞에 나가 노래를 불러본 기억이 없는 내게 애창곡 따위가 있을 리 없었다. 나는 얼른 생각나는 대로 고향 사람인 고운봉 선생의 「선창」을 반주에 맞춰 용케 끝까지 따라 불렀다. 어렸을 적 아버지가 가끔 마루에서 부르는 것을 엿들은 기억이 떠올랐던 것이다. 거기서 끝났으면 좋았으련만, 나는 의례적인 앙코르 요청에 따라 남인수의 「애수의 소야곡」과 배호의 「안개 낀 장충단 공원」까지 불러야만 했다. 배호의 노래는 삼촌의 애창곡이었다.

"발표 연도가 좀 오래되긴 했지만, 들어줄 만하네 뭐. 저기 화면에 떠 있는 자막 보라구. 앞으로 노력하고 간구하면 가수가 될 소질이 엿보인다고 나오잖아. 꼭 서태지나 부활의 노래를 부를 필요는 없는 거야. 새로운 것이 항상 가치 있는 것만은 아니라는 거지."

발표를 마친 뒤 나는 자리로 돌아가 비에 젖은 짚단처럼 털썩 주저앉았다. 그때 옆자리에 앉아 있던 어떤 묘령의 여성이 내게 몸을 기울여 오더니, 분 냄새를 풍기며 귓가에 대고 이렇게 속삭이는 것이었다.

"그렇게 분한 표정 짓지 마시와요, 문사 나으리. 소녀도 곧 풍악에 이끌려 나가 가무에 동원될 처지니까요."

탄광 같은 지하에서 난데없이 들려오는 그녀의 목소리는 아득하고 감미로웠다. 게다가 그 분 냄새라니! 하지만 나는 그녀가 무슨 일을 하는 사람인지(문인은 아닌 게 분명했다), 누가 데려온 처자인지 알 길이 막연했고 또한 물어볼 수도 없었다. 이윽고 그녀가 허리춤으로 상의를 끌어내리며 앞으로 나가더니, 돌연 서태지와 아이들의 「난 알아요」를 부르기 시작했다. 인디밴드에서 보컬로 활동하는 사람인가? 라는 생각이 들 정도로 그녀는 거의 완벽하게 랩풍의 가요를 소화해냈다.

그날 난 세 가지 사실을 알게 되었다. 첫째 소설의 기원과 소설가의 정체성에 대하여, 둘째 내가 남들 앞에서 노래를 부를 수 있다는 것에 대하여, 셋째 내게도 여전히 연애의 감정과 그 불씨가 남아 있다는 것에 대하여……. 하지만 그날 「난 알아요」를 불렀던 여자는 두고두고 다시 볼 기회가 없었다. 그날 밤에 어딘가로 유령처럼 감쪽같이 사라져버린 것이다.

그 후 변한 게 있다면 흔히 2차로 가는 노래방을 나는 더 이상 두려워하지 않게 되었다는 씁쓸한 사실뿐이었다. 어떤 날은 오히려 죽기 살기로 마이크를 부여잡은 채 메들리로 노래를 부르기도 했다. 사람은 무릇 그렇듯 진화하면서 동시에 타락해가게 마련인 모양이었다.

여전히 나는 지하라는 공간에 출입하기를 꺼린다. 연극을 관람하는 중에도 대개 마스크를 착용하고 앉아 있다. 물론 노래방도 자청해서 가는 일은 없다. 그곳은 단골로 삼을 수 없는 일회기적인 공간일뿐더러, 거기서 만났던 사람들도 필시 유령들처럼 스쳐지나가는 존재가 돼버리곤 한다. 그럼에도 그 갱도 같은 공간에서 만났던 사람들에 대한 기억이 부지불식간에 떠오를 때가 있다. 찬송가풍으로 혹은 가곡풍으로 최신 가요를 부르던 사람, 무슨 신념에서인지 팝송만 줄곧 불러대던 사람, 노래를 부르고 나서 제풀에 흐느껴 울던 사람, 그 소란과 담배 연기 속에서도 소파에 기대 입맛을 다시며 꿈을 꾸고 있던 사람⋯⋯. 그 사람들 혹은 유령들의 존재가 가끔이나마 그리워지는 것은 무슨 까닭일까?

어쩌면 이때껏 나는 그 사람들의 그림자에 둘러싸여 살아왔는지도 모르겠다. 그리고 그것은 얼마쯤 사실일 것이다. 한데 그들은 다 어디로 가버린 것일까? 그때 함께 어울렸던 노래방을 지금은 아무도 기억하지 못하듯, 그들의 자취 또한 세월이 갈수록 희미해질 따름이다.

단 한 사람, 현재 내가 가장 가깝다고 믿는 사람과 10여 년 전에 함께 갔던 노래방만큼은 지금도 뚜렷이 기억하고 있다. 홍익대 근처에 있는 '수 노래방'이란 업소였다. 그런데 여기서 주목할 만한 사실이 있다. 그곳은 지하가 아니라 지상에 하얗게 세워진 건물에 속한 공간이었다. 통유리창 밖으로 밤의 번요한 거리가 내려다보이는 깔끔하고 산뜻한 노래방이었다. 반주기기도 최신 설비였다. 그리고 그날 그녀가 부른 노래는 서태지와 아이들의 「난 알아요」란 곡이었다. 어쩔 수 없이 두고두고 기억에 남을 수밖에 없는 노래였다. 왜, 그렇지 않겠는가.

해운대 밤바다가 내려다보이는 노래방에서 나는 태국에 살고 있는 여자를 위해 「제비」를 불렀다. 그리고 그날 함께했던 두 사람의 요청을 받아들여 「꿈은 사라지고」와 「광화문 연가」를 거푸 불러 젖혔다. 맙소사, 그날도 역시 세 곡이나 부른 것이다.

바다
—영원의 순간과 마주하며

　겨울이 되면 눈앞에 떠오르는 것은 바다다. 바다는 꿈에서 먼저 찾아온다. 마치 생리 현상처럼 거역할 수 없이 주기적으로 떠밀려오는 것이다. 그리고 보리 싹이 팰 무렵이 되면 바다는 내게서 썰물이 되어 속절없이 빠져나간다. 그 지점에서 나는 이빨이 하나씩 뽑혀 나가듯 한 살씩 더 나이 들어가는 자신을 느끼며 응시한다. 바다는 순환을 통해 영원을 지속하지만 나는 저항하지 못한 채 늙어가고 차츰 병들어간다. 이것이 말하자면 바다와 나의 관계라고 할 수 있다. 상응하되 점점 멀어지는 관계 말이다.

　제주도 생활을 정리하고 서울로 올라온 지 그새 9년째다. 명절이 되면 사람들이 으레 고향으로 돌아가듯, 그동안 나는 매년 겨울이 되면 제주도로 내려가 며칠씩 머물다 올라오곤 했다. 그곳이 그리움의 대상으로 변한 건 귀경 후의 일이다. 제주도, 아니 바다는 나름 혹독했던 내 심신의 고통을 치유해준 공간이었다는 것도 서울로 올라온 후에야 비로소 깨달았다. 모든 일은 늘 '그 이후'에 가서야 의미가 확인되는 법이다.

제주도에 가서 하는 일이란 일주도로를 따라 돌며 복기하듯 풍경을 완상하는 정도다. 그리고 끼니때가 되면 토속 음식을 챙겨 먹으며 그 장소, 그 공간들을 되새김질하는 일이다. 그리고 한 가지가 더 있다. 갯바위에 홀로 서서 영원과 다름없는 바다를 바라보며 종일 낚싯대를 드리우는 것이다.

아이가 아홉 살이 되자 나는 낚시를 가르치기 시작했다. 최초의 생각은 단지 아이를 즐겁게 해주기 위함이었다. 가르친다고 해서 물론 다 좋아하는 것은 아니다. 동해로 여름 휴가를 가서 가장 원시적인 형태의 낚시 기법(원투낚시)을 가르치고 옆에서 가만히 지켜보고 있자니, 장차 고기잡이를 즐길 소지가 엿보였다. 그렇다고 확신한 것은 비가 주룩주룩 내리는 데도 아이가 한사코 방파제를 떠나려 하지 않았기 때문이었다. 나는 아이가 우비를 입고 낚시하는 장면을 카메라에 담아놓은 뒤, 그날 밤 늦게까지 술을 마시며 반복해서 사진을 들여다보았다. 제아무리 바다라 할지라도 프레임 속에 가두어놓으면 곧 공간으로 변한다. 이는 모든 사람들이 경험을 통해 알고 있는 사실이기도 하다. 그 순간 시간의 지속은 멈춰지고 현재는 삽시간에 과거로 환원되며 풍경은 추억으로 변한다. 모든 사진이 실은 죽음의 기록인 것도 다 이 때문이다.

다음 날 나는 아이를 데리고 다시 방파제로 나갔다. 그리고 이번에는 심심풀이로 캐스팅하는 법을 알려주었다. 우아하고 정확한 캐스팅 자세가 나오려면 수년의 경험이 필요하지만 아이는 반나절 정도에 목표 지점에 어느 정도 찌를 던질 수 있게 되었다. 그러자 하루 사이에 내 생각이 바뀌기 시작했다. 단지 아이를 즐겁게 해주기 위함이 아니라, 이참에 내가 늙어서도 아들과 함께할 수 있는 일을 만들어두자는 욕망이 생기는 것이었다. 내 속내를 모르는 아이는 열심히 바다에 찌를 던지며 보리멸과 황어 몇 마리를 잡아 올렸다. 그리고 그때마다 인증샷을 남길 것을 요구해왔다. 어린 조사의 탄생을 지켜보며 그러나 나는 다소 우울한 감회에 사로잡혀 있었다. 고백하자면 나는 단지 즐겁기 위해, 혹은 즐거워서 낚시를 한 경험이 없기 때문이었다. 오직 바다를 통한 나자신과의 대면이 그동안 내가 그토록 집착해왔던 낚시라는 것의 실체이자 본질이었다. 그 때문에 나는 열두 시간씩 혼자 갯바위에서 있을 수 있었던 것이다.

　그쯤 되면 바다도 내가 서 있는 곳을 중심(옴파로스)으로 하나의 공간으로 변한다. 이를테면 내 존재가 건축물에서의 기둥이 돼버리는 것이다. 장소는 거기 그대로 있되 공간은 사라지거나 변한다. 마찬가지로 내가 존재를 지탱하던 그 자리를 떠나는 순간 공간도 덧없이 사라진다. 그러한 경험을 나는 수없이 되풀이했다. 서해와 동해의 갯바위에서, 남해의 많은 섬들에서, 보다 각별하게는 제주도에서, 그러니까 우도와 마라도와 가파도에서. 그러는 동안 몇 번인가는 위태로운 상황에 직면하기도 했다. 그런 일을 나는 장차 아들과 함께하기로 일방적으로 결정한 것이다. 그리고 나는 점점 가르치려 들 것이다. 바다에 대해서, 영원에 대해서, 우주에 대해서, 우주의 갯바위 한켠에 하나의 기둥으로 서 있는 것의 극단적인 외로움과 고독감에 대해서.

　겨울이 다 가기 전에 떠나야만 했다. 마침내 대물이 움직이는 시기가 도래한 것이다. 방학을 이용해 제주도로 겨울 여행을 갈 거라는 예보를 접하고 나서, 아이는 아침마다 잠에서 깨어나면 내게 이런 말을 내뱉곤 했다.

　"아빠, 또 물고기 잡는 꿈을 꿨어요. 그런데 이번에는 물고기가 너무 커서 내가 바다로 막 끌려들어 가는 거예요. 이럴 땐 어떡해야 하죠?"

과거에 내가 자주 꿨던 꿈이다.

"낚싯대를 손에서 놔야 되지 않겠냐? 기회는 앞으로 또 올 테고."

"평생 한 마리 잡을까 말까 한 커다란 물고기인데도요?"

"……너만 하더냐?"

"머리는 못 봤는데, 저보다 더 큰 것 같더라고요."

나는 더 이상 할 말이 없어 아이의 얼굴만 물끄러미 바라보고 있었다.

"피는 못 속인다더니, 제가 아빠를 닮긴 닮았나 봐요."

아침을 먹고 나면 아이는 인터넷에 접속해 제주도에서 겨울철에 출몰하는 물고기의 종류와 지역별 조황과 낚시 기법들을 뒤적거렸다. 심지어는 블로거들이 올린 글까지 살펴보았다. 그렇다고 해서 고기가 잡히는 것은 아니다. 나는 먼저 달과 바다의 관계에 대해서, 그리고 조류를 읽어내는 법과 바람과 수온과 물때의 역학 관계에 대해서 하나씩 알려주었다. 나중에 도움이 될 거라는 믿음을 갖고서.

이윽고 출발하기 전날이 되자, 아이는 어서 베란다 창고에서 낚시 장비를 꺼내 손을 보자고 재촉했다. 조금 과장하자면 바다낚시

장비는 자취생의 이삿짐만큼 된다. 그걸 하나하나 손을 보는 데도 반나절이 걸린다. 장비를 펼쳐놓고 나는 바늘에 줄 묶는 법부터 릴을 다루는 법, 수심을 재는 법, 어종에 따라 찌를 선택하는 법까지 차근차근 알려주었다.

그날 밤 아이는 또 꿈을 꾸었다고 했다. 아주 커다란 물고기가 자신을 끌고 바다로 들어가는 꿈을. 요 며칠 계속 꿈속에서 나타났던 바로 그 물고기가 틀림없다는 말도 덧붙였다. 그렇다면 이제 비행기를 타고 잡으러 가면 되는 것이다. 공항으로 가는 길에 날이 흐려지고 바람이 불기 시작했다. 해상예보도 좋지 않았다. 제주도 바다는 앞으로 3일간 내리 파도가 높고 비가 올 거라는 예보였다. 나야 제주도 겨울 날씨에 익숙해서 크게 상관없지만 잔뜩 기대에 부풀어 있는 아이가 벌써부터 걱정이었다. 바다 상황이 좋지 않으면 아이를 데리고 나갈 수 없는 것이다.

공항에 내려 렌터카에 짐을 싣고 곧바로 한라산을 넘어 숙소로 향했다. 역시 날씨가 좋지 않았다. 안개가 가득 낀 데다 눈까지 부슬부슬 내리는 한라산 성판악을 넘어가면서 차 앞을 가로질러 가는 노루 한 마리를 본 게 나로서는 그나마 위안이었다. 아이는 굳게 입을 다물고 있었다. 일껏 한다는 소리가 푸념 섞인 원망 조의 말이었다.

"이러느니 차라리 가파도나 마라도로 갈 걸 그랬어요. 거기엔 대물 포인트가 즐비하다면서요."

내가 언제 그런 말까지 했던가? 아니면 인터넷에서 훔쳐본 정보일까. 미성년자에게 가파도나 마라도에서의 낚시는 거의 불가능하다고 보면 된다. 상황이 격렬한 만큼 매우 위험하기 때문이다. 그래서 제주도 본섬, 가까운 곳에 갯바위 포인트가 있다는 펜션을 예약했던 것이다. 숙소에 도착하자마자 아이의 성화에 못 이겨 곧바로 낚시 장비를 챙겨 바다로 나갔다. 바람이 세고 비가 질금거리고 있었으나 다행히 낚시를 못할 정도는 아니었다. 첫 캐스팅에서 아이는 왕볼락을 잡아 올렸다. 그러나 이후 입질은 뚝 끊긴 채 내 낚싯대에서만 뱅에돔이 몇 마리 올라왔다. 그리고 날이 저물기 시작하면서 비가 하얗게 쏟아지기 시작했다. 잡은 물고기를 모두 방생한 다음 숙소로 돌아와 샤워를 하고 서귀포항으로 저녁을 먹으러 나갔다. 무엇을 먹겠냐고 묻자 아이가 통명스럽게 되받았다.

"제주 흑돼지 오겹살요. 낚시를 두 시간밖에 안 했는데, 굉장히 배가 고프네요. 겨우 볼락 한 마리 잡아놓고."

그럴 것이다. 바다낚시는 철저히 육체 노동에 속하는 일이니까.

"원래는 오늘 잡은 물고기로 회, 구이, 탕을 끓여 먹으려고 했어요."

"그건 내일로 미루도록 하자."

"내일도 비가 온다잖아요."

아이가 아비를 닮아서 그런지 투덜이 기질이 있다.

밤의 서귀포항이 내려다보이는 식당에서 제주 흑돼지 오겹살과 목살을 먹었다. 나로서는 처음 와보는 곳인데, 원래 소문난 집인지 벽에 소설가 김주영 선생과 김훈 선생의 사인이 휘갈겨져 있었다. 흠, 어느새 먼저 다녀가셨군. 아이는 정말 시장했던지 돼지고기를 2인분 가까이 먹어치웠다. 그리고 배를 쓰다듬으며 또 이러는 것이었다.

"곧 비가 그칠 것 같은데, 우리 빨리 들어가서 밤낚시 해요. 대물은 밤에 호랑이처럼 혼자 어슬렁거리며 다닌다면서요."

"내일 아침에 하자."

사실 나는 밤낚시를 나갈 생각이었는데, 방금 아이가 한 말 때문에 포기하기로 했다. 이럴 땐 포기해야 하는 것이다.

식당에서 나와 서귀포항 주차장 옆에 있는 던킨도너츠에서 커피를 마시고 방파제를 걸었다. 2005년 봄, 서울로 올라오기 전날 아이와 함께 걸었던 방파제였다. 아이는 그때 일을 기억하지 못하고 있었다. 그때껏 '해녀의 집'이 불을 밝히고 있어 해삼, 멍게, 문어 모둠을 사서 숙소로 돌아와 한라산 소주를 마시고 잠이 들었다. 잠결에 아이가 코를 고는 소리가 들려왔다.

그날 밤은 내가 커다란 물고기에 이끌려 바다로 끌려들어 가는 꿈을 꾸었다. 눈을 뜨자 새벽 여섯 시였다. 사위는 바닷속처럼 캄캄했다. 나는 더듬더듬 자리에서 일어나 옷을 챙겨 입고 발소리를 죽여 밖으로 나갔다. 날은 여전히 흐렸고 북동풍이 불어가고 있었으며 비가 한두 방울씩 떨어지고 있었다. 일출 시각은 일곱 시 삼십팔 분이었다. 나는 낚시 장비를 챙겨 랜턴 불빛에 의지해 어제 아이와 서 있던 갯바위로 나갔다. 만조 시각이 가까워지고 있었다. 밀물이 형성한 조류를 따라 들어온 물고기가 열 시 무렵까지는 갯바위 근처에 머물 터이었다.

나는 날이 밝기를 기다리며 갯바위에 비를 맞으며 혼자 앉아 있었다. 한 시간 반을 그렇게 미동 없이. 그러자 파도와 갯바위가 서로 부딪치는 지점이 서서히 하나의 고유한 공간으로 변하기 시작했다. 내게는 너무도 익숙한 경험이지만 또한 가슴이 사무쳐오는 순간이기도 했다. 그 얼마나 자주 나는 이 광막한 공간에서 혼자 숨죽이고 있었던가. 바닷속 아주 먼 데서부터 들려오는 나의 부름에 귀를 기울이고 있었던가.

첫 캐스팅을 하자 곧바로 왕볼락이 올라왔다. 어제 아이가 놓아

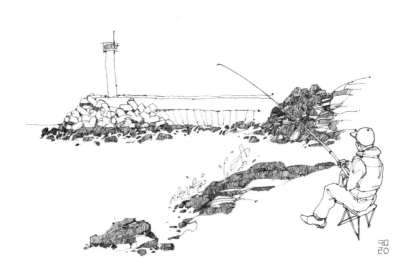

준 물고기일 거라고 나는 믿기로 했다. 연이어 씨알 좋은 벵에돔이 몸부림을 치며 물 밖으로 빠져나왔다. 코발트의 눈빛에 해초의 몸통을 가진 순결한 너. 아름다운 지느러미와 긴 꼬리. 무엇보다도 힘찬 몸부림!

뒤가 수상해 돌아보니 아이가 낚싯대를 든 채 가까이에서 나를 지켜보고 있었다. 나는 낚싯대를 접고 내가 서 있던 그 자리에 아이를 세웠다. 아이가 세 마리의 물고기를 잡아 올리자 갑자기 비가 거칠게 쏟아지기 시작했다. 나는 뒤에 서서 아이가 서 있는 공간과 우주의 한켠에 서 있는 또 다른 나의 뒷모습을 물끄러미 바라보고 있었다.

겨울 휴가에서 돌아와 아이가 남긴 말은 이러했다.

"제 생애 최고의 식사는 그날 우리가 잡은 물고기로 끼니를 해결한 저녁이었어요."

"……."

"그리고 가장 인상에 남았던 장면은 아빠가 혼자 빗속에서 낚시를 하고 있는 모습이었어요. 근데 그 모습이 저는 왠지 쓸쓸해 보이던데, 이상하죠?"

이상할 건 없다. 그것은 우리가 서 있던 공간이, 우리가 그 자리를 떠남과 동시에 흔적 없이 사라질 거라는 어쩔 수 없는 예감 때문이란다, 얘야.

유랑의 거처
—글쓰기의 시간대

여름과 겨울이 되면 어딘가로 떠나기 위해 짐을 꾸린다. 짐작하듯 글을 쓰기 위해서다. 그런 생활을 등단하고 나서 20여 년 동안 매년 되풀이했다. 꼭 그래야만 하는지에 대해서도 별다른 자각이 없었다. 다만 주기적으로 반복해야 되는 일로 여겼고 가족들도 으레 그러려니 하고 받아들였다. 때가 되면 떠나주는 것이 되레 한갓지다는 표정을 지을 때도 있었다. 예민할뿐더러 때로 까다롭기까지 한 내가 집을 비우게 되면 이런저런 해방감을 느끼는 모양이었다. 텔레비전 뉴스에서 대통령이 해외 순방길에 나서기 위해 비행기 트랩을 오르는 장면이 나오면 어쩐지 숨통이 트이듯이 말이다.

그런데 작년 여름, 지방 모 대학의 기숙사에서 지낼 때 무슨 대단한 깨달음이라도 얻은 양 불쑥 이런 생각이 들었다. 폭우가 쏟아지는 저녁에 학생식당에서 혼자 2천 원짜리 밥을 먹고 있을 때였다. 이제 이 일도 더 이상 못하겠군. 내 나이 그새 50이 넘지 않았는가. 아닌 게 아니라 도서관 한구석을 차지하고 앉아 책을 읽거나 노트북 자판을 두드리고 있으면 그때마다 학생들이 수상쩍다는 표정으로 흘끗거리곤 했다. 저 작자는 왜 우리 영내에 들어와 날마다 진을 치고 있는 거지? 행색을 보아 하니 여기 교직원은 아닌 것 같고. 울타리 의식과 배타성이 강한 남학생들은 종종 거부감을 드러내는 경우도 있었다. 충분히 이해할 만한 대목이고 아마 나라도 그랬을 것이다.

학생들이 새 학기 준비를 하기 위해 기숙사로 속속 돌아오는 때에 맞춰 나는 풀어놓았던 짐을 꾸렸다. 나 역시 삶의 현장으로 돌아가기 위하여. 책, 노트북, 이불, 베개는 그렇다 치고 옷가지와 주전자, 각종 컵, 손톱깎이, 면봉, 독서대, 탁상 달력, 세면도구, 목욕용품, 간단한 운동 도구 등등을 챙기다 보니 절로 한숨이 나왔다. 어디에 가서 얼마를 머물든 결국 살림살이 모두가 필요한 법이었다. 그렇게 짐을 꾸렸다 푸는 일을 1년에 무려 네 번씩 반복해왔다고 생각하니 돌연 진절머리가 나는 것이었다. 날마다 끼니를 해

결하는 것도 실로 고역이어서 식당을 기웃거리다 보면 동냥을 하는 듯한 느낌을 받을 때가 한두 번이 아니었다. 혼자 들어오는 손님을 반갑게 맞아주는 식당은 거의 없다시피 했다. 한식의 성격상 공깃밥 하나만 더 올려놓으면 2인분이 되는 데다, 4인용 식탁을 혼자 차지하고 있으니 장사에 보탬이 되지 않는 것이다. 그래서 다가오는 겨울엔 집에 머물며 글을 써보자는 생각을 하기에 이르렀다.

그리고 어느덧 겨울이 왔다. 여름에 생각해둔 대로 나는 집과 직장(학교)을 오가며 글을 써보기로 했다. 하지만 첫날부터 뜻대로 되지 않았다. 학교에 나가 있으면 역시 학교 일이 생기게 마련이었고 지인들에게 전화가 걸려오기라도 하면 서울에 머물고 있다고 이실직고할 수밖에 없었다. 게다가 밤이 되면 한두 시간 간격으로 경비가 올라와 노크를 했다. 혹시 불을 켜놓고 퇴근하지 않았나 확인하려는 것이었다. 주로 밤에 글을 쓰는 습성이 있는 나로서는 열흘도 채 지나지 않아 그만 오갈 데 없는 심정이 되고 말았다. 집에 돌아가면 치매에 걸린 노인처럼 소파에 앉아 무기력한 표정으로 텔레비전이나 노려보다가 결국 술을 마시고 잠자리에 들기 일쑤였다. 그것은 내가 가장 경계하는(혹은 경멸하는) 나의 모습이었다. 가족들도 내가 하루속히 어딘가로 출장을 가거나 순방을 떠나주었으면 하는 눈치였다. 바람을 쏘이고 오면 정신이 들까 싶어 부산과 제주도에 다녀왔으나 별무효과였다. 시나브로 겨울이 반쯤 지났을 때, 나는 결국 어딘가로 떠나야 한다는 사실을 깨닫고 짐을 챙기기 시작했다. 이번에도 손톱깎이, 면봉, 빗, 흡연 억제용 사탕, 가위, 만능 칼부터 챙겼다. 무엇 하나라도 빠지면 현장에서 다시 구입해야 하는 번거로움이 뒤따르는 것이다. 짐을 챙기고 있자니 역시 한숨부터 나왔다. 노마드? 유랑자? 그런 낭만적 감정은 사라진 지 오래였다. 다만 글을 써야 한다는 다급한 일념만이 나를 가축처럼 재촉할 뿐이었다.

나는 누군가의 극적인 도움으로 집에서 그다지 멀지 않은 곳에 작업실을 얻어 그럭저럭 겨울을 날 수 있었다. 나의 긴급구조 요청에 신속하게 응답해준 그분께 이 자리를 빌려 다시 감사를 드리고 싶다.

등단 이후 내가 짐을 싸 들고 돌아다니며 머물렀던 장소와 공간들에 대해 나는 언젠가 한 번은 글로 남기고 싶었다. 독자가 아닌 작가인 나 자신에게 말이다. 글로써 남기지 않는 한 기억 속에서 점점 사라져 다시는 떠올릴 수 없게 되리라는 것을 알고 있기 때문이었다. 그런 데다 내가 머물렀던 몇몇 공간은 이미 사라졌거나 지금도 사라지고 있는 중이다.

가장 먼저 기억에 떠오르는 곳은 해남 두륜산 아래에 있는 산장이다. 군대에서 알게 된 친구의 소개로 가 있게 된 그곳에서 나는 두 달을 머물렀다. 겨울이었으므로 산장에는 손님이 드물었고 장기 숙박을 하는 사람도 나뿐이었다. 식당 아주머니가 아침저녁으로 밥상을 챙겨주었는데, 며칠이 지나자 그만 미안한 생각이 들기 시작했다. 그렇다고 어디로 옮겨 갈 만한 처지나 상황도 아니었다. 가끔 친구가 차를 몰고 찾아와 해남 읍내에 있는 식당에서 떡갈비나 육고기를 사주고 돌아갔는데, 그 또한 미안한 생각이 들기는 마찬가지였다. 그래도 거기서 두 달을 버틸 수 있었던 것은 산장에서 우리에 가둬놓고 키우던 공작 때문이 아니었나 싶다. 그 놈은 단 한 번도 내게 꼬리를 펴서 보여주지 않았는데, 그것이 내게 묘한 오기로 작용하면서 글에 집중하도록 만들어주었다. 마침내 떠나오던 날 아침에야 공작은 그 화려한 자태를 내 눈앞에 드러내는 것이었다. 나중에 책이 나와 산장 아주머니에게 부치며 나는 전화를 걸어 공작의 안부부터 물었다. 그러자 아주머니 왈, 공작은 엊그제 하늘로 날아갔으며 산장은 장사가 안 돼 곧 문을 닫을 거라고 했다.

그 봄에 나는 하동 쌍계사 아래에 있는 청운산장으로 옮겨 가 있었다. 이후 나는 벚꽃이 필 무렵이 되면 매년 그곳에 내려가 봄을 맞이했는데, 젊어서 혼자가 된 할머니가 주인이었고 딸내미와 사위가 더불어 살면서 식당을 꾸려가고 있었다. 그 집은 재첩국이 별미여서 아침마다 나는 그것으로 울혈진 속을 달랬다. 그리고 가끔 참게를 잡아다 된장찌개를 끓여주었는데, 그 또한 별미 중의 별미였다. 낮에 주변을 어슬렁거리다 아무 데나 찻집에 들어가면 햇차라고 하면서 주인이 돈도 받지 않고 차를 끓여주는 경우도 있었다. 벚꽃 철이 되면 식당 수족관마다 은어가 가득했는데, 동네 청년회에서 잡아 온다고 했다. 등산객과 상춘객들로 산장이 붐빌 때 나는 혼자 차를 몰고 섬진강을 따라 남해금산이나 멸치축제가 열리는 부산 기장에 다녀오기도 했다. 그리고 벚꽃이 흩날리기 시작하면 마루에 앉아 지인들에게 짧은 엽서를 쓰기도 했다. 그런 날은 세석평전으로 올라가는 지리산 산자락에 별들이 무더기로 내려와 있었다. 또 안개 낀 숲 속에서는 소들이 방울을 쩔렁대며 어디론가 느리게 이동하는 소리가 들려오기도 했다. 그 집은 방문 앞에 바로 개울이 흘러 밤새 귓속으로 물소리가 들려왔다. 그렇게 대여섯 해를 나는 그 집에서 봄을 맞이했고 몇몇 문우들에게 그 집을 소개시켜주기도 했다. 그러다 작년 봄에 그 집에 갔던 문우가 전화를 걸어와 내게 말하길, 청운산장은 온데간데가 없어졌으며 거기에 살던 사람들의 소식도 알 수 없다고 했다. 그 말을 듣고 나는 작가로서의 내 청춘이 소멸되었음을 무심코 깨달았다.

순천 시내에서 한참 떨어진 산속의 약초 재배지에 있던 움막도 떠오른다. 장편소설을 탈고하기 위해 나는 여름 두 달을 그곳에서 밥을 해 먹으며 지냈는데, 뱀 때문에 늘 온몸이 긴장돼 있었다. 아궁이에도, 신발 속에도, 마당에 심겨 있는 은목서나무에도 늘 뱀이 들끓었던 것이다. 그 긴장감 때문에라도 나는 한사코 글에 매달리지 않을 수 없었다. 한의사를 하는 후배의 부친께서 소개시켜준 그 움막도 지금은 없어지고 그 자리에 새로 조그만 집을 지어 산지기 부부가 살고 있다고 한다.

오대산 월정사에서 방부房付를 들였던 여름은 술 담배를 할 수가 없어 밤이면 상원사로 올라가는 길가에 있는 산장까지 걸어가 막걸리를 한 되씩 사 먹고 몰래 요사채로 숨어들어 와 잠이 들곤 했다. 한번은 마루에 앉아 태연히 담배를 피우고 있는데, 하필 주지스님과 눈이 딱 마주치고 말았다. 하지만 스님은 모른 척 눈길을 돌려 다른 곳으로 가버리는 것이었다.

지난겨울 제주도에 갔다 떠나오던 날 나는 차를 몰고 그동안 내가 머물렀던 작업실을 찾아가보았다. 「천지간」을 썼던 성산 일출봉 호텔. 하얀 건물의 그 조그만 호텔은 주변에 펜션과 큰 건물들이 들어서 어쩐지 폐허 같은 느낌을 주었다. 하늘이 흐리고 바람이 유독 심하게 불던 날이어서 더욱 그런 느낌을 받았는지도 모르겠다. 그리고 「흑백 텔레비전 꺼짐」을 썼던 협제 스카이 호텔도 이제는 어쩔 수 없이 쇠락한 느낌을 주었다. 『달의 지평선』을 신문에 연재할 때 두어 달 머물렀던 대정읍 영락리 바다 앞의 별장에도 주먹만 한 자물쇠가 채워져 있었다. 잔디밭에는 녹슨 자전거가 뒹굴고 있었는데, 아마도 그때 내가 타고 다녔던 자전거가 아니었나? 하는 속절없는 생각이 들었다. 「찔레꽃 기념관」을 썼던 구엄 바다 앞의 통나무 펜션에도 가보았다. 제주 토박이 할머니가 내준 방이었는데, 세 달 정도 함께 얼굴을 마주하면서도 나는 그 할머니의 말을 반도 못 알아들었다. 그 점이 죄송스러워 나는 그 집을 떠나왔을 것이다. 「탱자」와 「고래등」을 썼던 한라 수목원 아래에 있는 원룸에도 가보았다. 그곳은 내가 제주도를 떠나올 때까지 쓰던 작업실이었다. 책보다 낚시 장비가 더 많았던 방. 그런데 그 당시의 내가 이토록 실감이 나지 않는 것은 무슨 까닭일까? 사라지지 않고 그대로 남아 있는 공간들과 마주하면서도 말이다. 그렇다면 내가 변한 것일까? 내 생의 어떤 부분들이 그때 이미 사라지고 있었던 걸까?

「상춘곡」을 썼던 선운사 앞의 동백장 호텔도 이후 여러 번 찾아갔다. 안주인이 숙대 국문과 출신의 문학 애호가로, 지금도 찾아가 머물면 복분자 두 병을 꼭 선물로 주곤 한다. 그곳에 머물 당시 하루는 전북대 국문과 학생이 찾아와 두루마리를 주고 갔는데, 펼쳐 보니 미당의 시가 서툰 붓글씨로 씌어 있었다. 그녀는 동백장 호텔 앞에 있는 식당의 큰딸이었다. 그리고 며칠이 지나지 않아 미당 선생이 한식을 맞아 동백장 호텔로 들어섰다. 우연이란 참으로 묘하지 않은가? 그날 저녁 나는 미당 선생과 함께 식사를 하게 되었는데, 그것이 나로서는 그분을 뵌 마지막 날이기도 했다. 연전에 나는 미당문학관에 갈 일이 있었는데, 생전에 미당 선생과 사모가 쓰던 장롱을 열어보게 되었다. 그 순간 매콤한 곰팡이 냄새가 전염병처럼 코로 확 달겨들었다. 그 후 며칠을 나는 비염과 기침에 시달리며 병원에 다녀야만 했다. 말하자면 부지불식간에 나는 미당 선생과 다시 해후하게 된 셈이었다.

그리고 더 많은 장소와 공간들이 떠오른다. 겨울마다 몇 년을 찾아가 머물렀던 설악산 아래의 척산온천, 파주 통일동산 옆의 원룸, 강화도 함허동천 옆의 폐허와 다름없는 농가, 한강이 내려다보이던 마포의 오피스텔, 양수리에서 보낸 8개월, 일본 아키타에 있는 요코테 호텔, 발리의 트로피컬 샬레들, 빈탄의 클럽메드, 태국의 작은 호텔들, 파리의 여름 아파트, 이탈리아의 시르미오네

호숫가에 있는 펜션…….

　문인들을 위한 창작촌이 생기면서 나의 집필 여행은 사실상 끝나고 말았다. 토지문화관과 연희문학창작촌, 백담사 만해마을에서 머물렀던 여름과 겨울의 일들이 떠오른다. 그곳들에 머물며 나는 많은 문인들과 예술가들을 알게 되었으며 비로소 걸인 같은 생활을 접을 수 있었다. 그런데 이따금 마음 한켠이 허전한 것은 무슨 까닭일까? 혼자 있음을 미덕으로 여기며 눈과 바람과 빗속을 떠돌며 버티던 그때가 혹시 그리워서일까? 어디에도 매이지 않고 떠돌아다닐 수 있는 저 위대한 독립의 탁발정신!을 분실했기 때문일까?

　요즘 나는 가끔 이런 사념에 젖곤 한다. 또 다른 장소와 공간들, 비록 그곳들이 언젠가 사라질 거라는 것을 알지만 오직 현존 속에서만 거머쥘 수 있는 삶에 뜨겁게 복무하기 위해 또다시 떠나야 하지 않을까? 라고 말이다. 그곳이 어디가 됐든 다시 혼자가 되어서 말이다.

술집들
—폐허에의 환속

요즘은 술을 자주 마시지 않는다. 불혹을 넘기면서부터 생긴 습관은 주말마다 산에 오르는 것이었다. 바깥출입도 웬만해서는 금하고 지낸다. 밤늦게 술을 마시고 돌아오면 다음 날 의식이 돌아오는 순간부터 익숙한 자폐감에 사로잡히곤 한다. 그런 날은 집중력이 현저히 떨어져 아무 일도 못하고 지내기 일쑤다. 애당초 강골이 못 되는 데다 2, 30대에 술을 자주 마신 탓에 힘들여 관리를 하지 않으면 글쓰기는 고사하고 일상생활이 버거울 때도 있다. 그런데도 어쩌다 지인들과 어울리고 싶어 밖에 나가게 되면 대개는 늦게까지 마시게 된다. 음주 습관도 바람직한 편이 아니다. 행여 주정이나 행패를 부린다는 뜻이 아니라, 말하자면 급히 마시는 편이다. 나는 술을 마실 때 많은 말이 오가는 것을 싫어하기 때문에 그저 묵묵히, 급히, 결과적으로 많이 마시게 된다. 그리고 넋이 나간 사람처럼 가끔 이렇게 중얼거리곤 한다.

"아무 말도 하지 말고 그냥 마시기만 하면 안 될까? 술을 마시면서 무슨 말이 그렇게 많아. 말을 많이 하면 할수록 그만큼 공허해지는 법이야. 술이라는 게 본시 공허해서 마시는 거 아냐? 그러니까 지금부터 말 좀 그만하자. 부탁한다."

이쯤 되면 주정에 해당된다고 봐야겠다. 하물며 술잔을 돌리는 것도 싫다. 아무래도 자작이 좋은 것이다. 때문에 이런 핀잔을 자주 들어왔다. 그럼 조용한 데 가서 혼자 마시지 그래? 실제로 나는 대개 혼자 술을 마신다. 타인과 있으면 곧 불안증이 되살아나기 때문이다. 사람들이 많이 모인 자리일수록 더욱 그렇다. 술을 급히 마시는 것도 다 이 때문인데, 당사자인 내가 그걸 모를 리 없다. 억압을 많이 받고 자란 외아들 출신이어서 그런 걸까? 한 측근은 나를 관찰하다 보면 카프카의 「아버지에게 보내는 편지」라는 글이 떠오른다고 하는데, 뭐 그 정도야 아니겠지만 그래도 듣고 나면 마음이 삭막해진다.

어쨌거나 50이 넘은 지금까지 참으로 많은 날들을 술을 마시며 살아왔다. 가끔 우물이나 연못, 강과 바다, 즉 액체의 대상을 바라보면서 그동안 내가 마신 술의 그 헤아릴 길 없는 양量에 대해서 계량해볼 때가 있다. 그때마다 이제는 그만 마셔야 하지 않을까? 라고 생각하게 된다. 무엇보다도 인생을 낭비하고 있다는 느낌이 든다. 더불어 무상하기 짝이 없는 일이지만 그동안 내가 드나들었던 술집들을 떠올려보는 경우가 있다.

술 담배를 남들보다 일찍 시작한 것은 고등학교 때 문학 동인회 활동을 하게 되었기 때문이다. 대학생 선배들과 어울려 시장통에 있는 선술집에 나란히 서서 한 잔에 100원을 받는 막걸리를 두어 잔 얻어 마시게 되면 곧 얼굴이 불콰해지고 집에 갈 일이 걱정이어서 술이 깰 때까지 이곳저곳을 기웃거리며 돌아다녔다. 그러다 보면 밤이 늦어지게 마련이었고 그런 일이 거듭되면서 부친과의 관계가 자연스럽게 소원해지고 말았다. 그래서 술을 마시게 되면 이대로 취한 상태에서 어딘가로 사라져버리고 싶다는 생각을 할 때가 있었다. 그리고 물론 영원히 돌아오지 않는 것이다. 술은 내게 이런 노마드적인 상상력과 대책 없는 허무감부터 일깨워주었다. 또한 그런 상태를 자위라도 하듯 은근히 즐기지 않았나 싶다. 지금도 나는 선술집을 찾아 여기저기 기웃거릴 때가 있는데, 다 그때의 기억 때문이라는 것을 알고 있다. 하지만 이제 선술집을 찾기란 매우 어려워졌다. 그런데 뜻밖에 일본 여행을 하게 되면서 나는 그러한 양식의 술집을 자주 보게 되었다. 교토를 여행할 당시 나는 밤에 잠이 안 와 호텔 밖으로 나간 적이 있었다. 나는 행인들에게 물어물어 시장통으로 갔고 거기서 고등학교 때 자주 출입했던 선술집과 유사한 형태의 술집을 발견하고 그 안으로 들어갔다.

50대 후반의 주모가 꾸려가는 서너 평이나 될까 말까 한 조그만 술집이었다. 소라 한 마리를 데쳐서 썰어놓고 나는 맥주를 마시며 그녀와 영어 반 필담 반으로 이야기를 나눴다. 그녀는 과부였고 나는 소설가였다. 서로 얘기를 나눌 만한 상대였던 것이다. 나는 고등학교 때 문학을 시작했으며 이런 술집에 자주 드나들었다고 말했다. 그러자 그녀는 공허하게 웃고 나서 나를 물끄러미 쳐다보더니 나더러 다자이 오사무를 닮았다고 했다. 나는 그 말에 대뜸 반감을 느꼈으나 굳이 내색은 하지 않았다.

자리에서 일어날 때가 되자 그녀는 선반에서 누렇게 바랜 봉투를 꺼내더니 내게 주고 싶다고 말했다. 봉투 안에는 500원짜리 지폐 한 장과 100원, 10원짜리 동전들이 들어 있었다. 10여 년 전에 한국을 여행한 적이 있는데, 언젠가 다시 한국에 갈지 몰라 남은 돈을 보관하고 있었다는 거였다. 하지만 왠지 다시는 가지 못할 거라는 예감이 든다고 했다. 왜요? 라고 내가 되묻자 그녀는 술병이 들어 더 이상 여행이 힘들다고 말하는 것이었다. 그 후에도 나는 일본에 몇 번 더 갈 일이 있었는데, 그때마다 시장통 선술집에 찾아가 혼자 술을 마시곤 했다. 꼭이 시장통이 아니더라도 일본은 어디를 가든 선술집이 있었다. 도쿄는 물론이고 요코하마, 동북부의 아오모리, 아키타, 야마가타, 니가타 어디를 가든.

한국에서 선술집을 찾기가 어려워지자 내가 선택한 곳은 스탠드바였다. 혼자 술을 마시기에 적당한 공간이라고 생각했을 것이다. 하물며 스탠드바에는 과부 대신 반정장 차림의 젊은 여성들이 대개 서빙을 담당하고 있었다. 그녀들과 말을 주고받는 경우는 드물었지만 그래도 혼자 마실 수 있어 한동안 자주 드나들었다. 지금은 없어졌는데, 교보문고 뒤편 무교동에 깔끔한 스탠드바가 있었다. 실내도 넓은 편이었고 직원들의 매너도 역시 깔끔해서 불필요한 말을 건넨다거나 굳이 양주를 권하는 경우도 없었다. 그 집엔 스탠드 안쪽에 커다란 거울이 걸려 있었는데, 나는 그 거울이 마주 보이는 곳에 늘 앉곤 했다. 그리고 가끔 상대를 보듯 나를 노려보면서 술을 마시곤 했다. 그 모습이 수상쩍어 보였던지 어느 날 낯익은 여직원이 다가와 조심스럽게 물었다.

"술을 드시면서 늘 어디를 바라보고 계신데, 혹시 거울을 들여다보고 있는 건가요?"

나는 대꾸를 하지는 않았지만 취중에 그렇다는 식으로 고개를 주억거렸다. 그러자 그녀가 뜻밖에 이런 말을 하는 것이었다.

"그거 아주 위험한 일인데. 안 그런가요? 익사할 소지가 없지 않다는 거죠."

그녀가 무슨 뜻으로 말했건 나는 내심 충격을 받았다. 내 식으로 해석하자면, 그것은 자기를 안에 가둬놓고 관음증에 걸린 사람처럼 맹렬하게 엿보는 행위였다. 그렇다고 자기 자신을 병적으로 욕망하는 행위도 아니었다. 사실 그즈음 나는 우울증이 매우 심한 상태였고 누구와도 만나지 않는 삶을 살아가고 있었다. 그녀는 내게 이런 처방까지 해주었다.

"다음에는 어떤 사람과 같이 와서 마시는 게 어때요?"

"늘 혼자 와서 죽치고 앉아 있으니 부담스럽다는 뜻인가요?"

"말투도 굉장히 거친 편이네요. 저 그쪽이 쓴 소설 읽어본 적 있는데."

"!⋯⋯."

그녀는 독자로서 내게 매우 실망한 눈치였다. 순간 나는 영문을 알 수 없는 부끄러움을 느꼈다. 그다음 번에 찾아갔을 때, 나의 지정석에는 어떤 남자가 대신 앉아 있었다. 그리고 내가 그랬던 것처럼 가끔 거울을 노려보며 술을 마시는 것이었다. 그날 나는 어떤 사람과 함께 그곳에 갔었고 이후 다시는 그 집을 찾아가지 않았다. 일부러 그런 것이 아니라, 그냥 그렇게 된 것이다. 그러다 몇 년이 지난 후 문득 생각이 나서 찾아가보았는데, 역시 그 집은 이미 사라지고 없었다. 모든 것은 사라질 운명을 떠안고 존재하는 것인가.

스탠드바의 시절이 지나자 나는 안주를 잘하는 집들을 찾게 되었다. 술은 어디를 가더라도 다 똑같지 않은가 말이다. 한편 이러한 현상 변화는 나이가 들어간다는 증거이기도 했다. 언젠가 신문사에 근무하는 젊은 여기자와 인터뷰를 하는 자리에서 맥락과 관계없이 이런 말이 튀어나왔다.

"왜 중년에 접어든 남자들은 한결같이 맛집에 목을 매는 걸까요? 무슨 사명감에 시달리는 사람들처럼 말이죠. 네, 문인들도 그래요. 맛있는 음식이 그렇게 중요한 건가요? 저는 그런 모습이 그다지 신비스러워 보이지는 않더군요."

내가 대꾸한 말은 고작 이러했다.

"뭐, 나이가 들어가니까 점점 입맛이 떨어져서 그런 게 아닐까요? 삶에 대한 더 이상의 어떤 가능성도 희미한 데다, 상기 사는 일도 별무대책이고……."

"그래서 마침내 음식 관련 책(『어머니의 수저』)까지 내게 된 건가요?"

나는 거기서 문득 말문이 막히고 말았다. 왜 그랬을까? 아무튼 그녀의 말마따나 술집 겸 맛집은 애써 찾아다닐 필요도 없는 것이, 내 또래의 남자들을 만나면 저절로 그와 같은 집으로 가게 마련이었다. 그즈음 내게 생긴 변화는 혼자 술을 마시는 경우가 현저히 줄어들었다는 사실이었다. 맛집을 겸한 술집에 혼자 갈 수는 없는 일이지 않는가. 입맛도 중년답게 재래식으로 돌아와 생태탕이니 낙지볶음이니 생고기니 생선회니 초밥 따위를 찾게 되었다. 그전까지는 오랜 세월 대개 안주라는 개념 없이 술을 마셔왔던 것이다. 이를테면 그즈음에는 술을 마시면서도 몸을 생각하는 누추한 단계에 이르게 된 것이었다. 어쩔 수 없이 간혹 와인바에 가서 치즈 따위를 안주로 술을 마시게 되면 여지없이 속이 불편하고 결과적으로 김칫국이나 된장국을 찾게 되는 것이었다.

한때 내가 자주 드나들었던 맛집 겸 술집을 몇 군데 열거하면 다음과 같다. 성곡미술관으로 올라가는 길옆에 있는 안성또순이집(생태탕), 재개발 직전에 놓인 종로구청 건너편의 홍어삼합집, 구기동의 금해복집, 세종문화회관 옆의 종로빈대떡, 효자동의 동해횟집(물메기탕), 원주의 영화은마차(중국집으로 유산슬이 맛있

다), 제주도의 도근네횟집(어부가 직접 잡은 자연산만 취급한다),
제주도의 쌍봉냉면(내가 먹어본 냉면 중 그중 으뜸이었다), 연희
동 굴다리 옆의 영덕막회물회집, 정릉의 산장두부촌, 부산 해운대
의 금수복국……. 이렇게 열거하다 보니 술집이 아니라 맛집 얘기
가 돼버리는데, 여기엔 하나의 공통점이 존재한다. 이 또한 앞에
서 등장한 젊은 여기자가 지적한 사항이다.

"게다가 맛집이라는 데를 따라가 보면 십중팔구 어둑하고 허름
한 집이더군요. 주방까지 들여다보지는 않았지만 위생 상태가 의
심스러운 집도 많고요. 이것도 말하자면 중년 현상에 속하는 건가
요?"

나는 이번에는 대답을 좀 그럴싸하게 하고 싶어 잠시 뜸을 들였
다.

"알다시피 맛이라는 건 기억이고 추억이지 않습니까? 그래서
물고기 떼처럼 다들 과거라는 폐허로 몰려가는 것이겠지요. 그것
을 두고 폐허에의 환속이라고 하면 어떨까요? 여자들은 어떤지
잘 모르겠지만요."

그 즉시 돌아온 답은 이러했다.

"여자들은요, 나이와 상관없이 말이죠, 맛은 좀 떨어지더라도
깔끔하고 우아하고 세련된 분위기의 식당을 선호해요. 향후 참고

사항이 되면 좋겠네요."

그때 그 젊은 여기자와 인터뷰를 하던 장소는 위에서 언급한 '안성또순이집'이었다. 말할 것도 없이 작가로서 그 어떤 신비감도 연출하기 힘든 공간이었다.

요즘 나는 술집을 전전하는 일을 사실상 그만두었고 맛집도 그다지 찾아다니지 않는다. 주말에 산에서 내려오다 허룩한 속을 채울 겸 두부집에 앉아 혼자 막걸리를 한 병 마시고 귀가하는 정도다(이도 누군가의 목격담에 따르면 대단히 초라해 보이는 광경이었다고 한다). 돌아보니 지난 30년 동안 마치 꿈을 꾸고 산 느낌이다. 아무래도 술과 술집들이 그 꿈들을 부추겨주었을 것이고 비록 많은 순간들이 고통스러웠으나 그 고통을 생리적으로나마 잊게 해준 덕에 지금껏 버티고 살아왔다는 생각이 든다. 그래서 그동안 내가 드나들었던 모든 술집들과 주모들에게 새삼스럽지만 고맙다는 말을 거듭 전하고 싶다. 더불어 이제는 어둡고 소란스러운 폐허가 아닌, 전혀 낯선 장소에서 신생의 공간을 세워야 하지 않을까 생각해본다.

골목길들
—실루엣들이 서성대는 곳

10년 전쯤인가, 외국에서 열린 문학행사에 참석했다가 알게 된 사람이 있다. 그는 행사 진행요원이었는데, 어찌어찌 말문이 트여 얘기를 나누다 보니 나와는 동갑내기였고 슬하에 둔 자식도 서로 나이가 같았다. 굳이 몇 월 태생이니 하는 소소한 확인까지는 하지 않았으나 동시대를 살아왔다는 동질감과 비슷한 삶을 공유하며 산다는 이유 때문에라도 금세 친밀감을 느끼게 되었다. 그런데다 어쩐지 나와 살림살이 규모나 형편도 비슷한 것 같았다. 대개들 공감하겠지만 형편이 눈에 띄게 차이가 나다 보면 지속적으로 관계를 맺어나가기가 힘든 게 사실이다. 작년인가 모 신문에서 강남 지역에 거주하는 젊은이들을 대상으로 설문조사를 실시했는데, 장래 배우자가 될 사람 역시 강남권에 거주하는 사람을 선호한다는 응답이 8할 정도로 압도적인 결과가 나왔다. 응답자들은 그 이유로 우선 비강남 거주자들과의 문화적 차이를 꼽았다. 여기서 문화적 차이란 결국 경제적 차이에서 발생하는 취향과 분위기, 사고방식, 생활태도 등의 다름을 뜻하는 것일 텐데, 그것이 곧 문화의 수준이나 삶의 질을 가늠하는 잣대가 될 수는 없다고 생각한다.

행사를 마치고 한국으로 돌아온 뒤에도 그와 나는 가끔 만나 술을 마시거나 주말에 가족들과 함께 어울려 저녁을 먹기도 했다. 그러다 마침내 서로의 가정을 방문하기에 이르렀다. 신기(?)하게도 그가 거주하고 있는 아파트와 내가 살고 있는 서민 아파트의 평수는 동일했다. 그렇다는 사실을 확인하고 나서 좀 더 편안한 느낌을 갖게 되었다면 내가 지나치게 소심하거나 소시민적인 인간이기 때문일까?

어느 가을날의 주말에 우리는 각자의 자식을 대동하고 국립공원 북한산으로 소풍을 갔다. 김밥과 사이다와 과일 따위를 배낭에 챙겨 넣고서. 그러자니 아주 오래전, 내가 초등학교 시절에 부모와 호수로 소풍을 갔던 기억이 떠올랐다. 그때의 일을 지금에 와서도 선명하게 기억하고 있는 것은 그 소풍이 처음이자 마지막이었던 가족 나들이였기 때문이다. 이후 먹고살기가 더욱 까다로워져 다시는 그럴 만한 여유가 없었던 것이다.

해 질 즈음이 되어 우리는 아이들을 데리고 하산했다. 산을 다 내려올 즈음, 그가 재개발 예정지구가 내려다보이는 지점에서 발을 멈추더니 혼잣말처럼 이렇게 중얼거리는 것이었다.

"나는 저쪽 일대를 내려다보고 있으면 왠지 마음이 편안해집니다. 꼭 집어 말하기는 힘듭니다만, 수구초심首丘初心의 마음이 된다고 할까요."

"……"

"이제 내려가죠. 땀을 흘리고 난 뒤라 아이들이 춥겠습니다."

헤어지기 전에 나는 그에게 넌지시 물었다.

"고향이 서울인가요?"

"네, 하지만 요즘 우리가 살아가고 있는 서울과는 사뭇 느낌이 달랐죠. 가령 옛날에는 서울에 이런 문화라는 게 있었습니다. 아침에 일어나 빗자루를 들고 대문 밖 골목길을 쓸다, 옆집 대문 앞까지 마저 쓸어주는 문화 말입니다. 이제 그런 풍속이나 문화는 더 이상 서울에서 찾아보기 힘들죠."

최근에 나는 이와 비슷한 얘기를 또 다른 사람의 입을 통해 듣게 되었다. 4, 5년 전에 처음 만나 알게 된 작가인데, 어느 날 종로에 있는 통인시장에서 같이 점심을 먹을 일이 있었다. 김치찌개를 잘한다는 집을 찾아 여기저기 골목길을 배회하던 중에 그가 말했다.

"와본 지가 오래돼서 찾기가 힘드네요. 그동안 주위가 많이 변한 탓인가요?"

"저한테 신경 쓰지 마시고 천천히 찾아보죠. 시장통 골목길 걷는 재미가 쏠쏠하네요."

그러자 그가 슬쩍 나를 돌아보더니 되받았다.

"그렇죠? 저는 이런 데 오면 마음이 편안해집니다. 뭐, 익숙한 탓이겠지만."

"……고향이 서울인가요?"

"아뇨, 전줍니다. 어려서 남부시장 근처에서 살았죠."

전주 남부시장은 나도 몇 번인가 가본 적이 있었다. 고등학교 시절부터 전주에 내려가면 문우들이 흔히 그쪽으로 데려가 콩나물 국밥과 막걸리를 사주곤 했던 것이다. 그것이 대구로 치면 약령시장 고갈비(알루미늄 호일에 싸서 굽는 고등어 통구이)가 되겠고 대전은 중앙시장 순대(국), 춘천은 알다시피 명동 닭갈비가 되겠다.

"윤 형은 고향이 충청도라고 했나요?"

"내륙에 속한 예산입니다. 한적하기 짝이 없는 시골이죠. 사과가 많이 나는 고장이기도 하고요. 가을이 되면 사과가 발끝에 채여 뛰는 건 고사하고 걷기조차 불편했으니까요."

"그럼 윤 형은 이런 도회의 시장 골목 정서는 잘 모르겠네요?"

나는 굳이 대꾸하지 않았다. 그가 마침 가려던 김치찌개집을 찾아냈던 것이다. 그는 옛날 주인이던 할머니가 안 보인다며 몹시 서운해했다. 그렇다면 김치찌개 맛도 달라졌을 텐데, 라며 사뭇 불안한 눈치였다. 카운터에 물어보니 할머니는 아파서 집에 누워 있고 큰딸이 대신 식당을 맡아서 꾸려가고 있었다. 대낮부터 김치찌개에 소주를 곁들이게 되어 그날 나는 조금 취하고 말았다. 다행히 비가 내려줘 그와 헤어져 버스를 탔는데도 크게 눈여겨보는 사람은 없었다. 다만 술기운 탓인지 집으로 돌아오는 동안 소년기의 기억들이 새록새록 되살아나는 것이었다.

내가 시골을 떠나 도회지에서의 생활을 시작한 건 열 살 무렵이었다. 온양 시내에 인접한 변두리에서 살게 되었는데, 환경이 낯설어 적응장애를 겪었던 기억이 난다. 우선 단칸 셋방에서 식구가 오글오글 모여 사는 것부터가 숨이 막혔다. 게다가 어머니가 늘상 하는 말은 여기서는 길을 잃기 쉬우니 학교가 끝나면 곧바로 집으로 돌아오라는 것이었다. 방이 여러 개인 데다 넓은 마당과 우물이 있는 뒤란까지 갖춘 시골집에서 살아왔던 나로서는 받아들이기 힘든 삶이었다. 나는 늘 고향의 너른 들판과 아침저녁으로 물안개가 서리는 개울과 부드러운 곡선의 산등성과 심지어는 가축들까지 그리워하며 살았다. 수구초심이란 과연 이럴 때 쓰는 말이었다. 그래서 학교가 끝나면 이내 집으로 돌아오지 않고 여기저기 쏘다니곤 했는데, 그곳이 다름 아닌 시장통 골목이었다. 방앗간이나 채소 가게, 과일 가게, 분식집, 철물점, 어물점, 지물포, 그릇 가게, 식당과 술집 등등이 운집해 있는 골목을 어슬렁거리다 보면 어느덧 배가 고파 주저앉을 지경이 되었는데, 누구 하나 먹을 것을 집어 주는 사람은 없었다. 그러다 아닌 게 아니라 어둠이 내려 길을 잃는 경우도 종종 있었다. 어찌어찌 어둠을 헤치고 집으로 돌아오면 기다리고 있는 것은 식구들의 무표정하고 싸늘한 눈빛이었다. 왜 쓸데없이 만날 걱정을 시키며 도둑고양이처럼 돌아다니냐는 것이었다. 밥도 부엌에서 어머니가 따로 차려놓은 것을 먹어야만 했다.

거기서 고작 1년을 살고 다시 이사를 한 곳은 평택 미군부대 부근이었다. 그곳은 분위기가 더욱 어둡고 삭막했는데, 인심마저 흉흉해 좀처럼 나다닐 엄두가 나지 않을 정도였다. 그럼에도 나는 저녁마다 여기저기 골목길을 배회하고 다녔다. 여전히 단칸방에 적응을 못한 상태여서 집에 들어가고 싶지 않았던 것이다. 영화관이 있던 골목에서 나는 자주 서성거리곤 했는데, 이상하게 집으로 돌아올 때면 늘 한 번쯤 길을 잃곤 했다. 어둡기도 했지만 골목들이 거미줄처럼 얽혀 있었던 것이다. 그 어두운 미로에서 나는 상습적으로 불안에 떨었지만, 한편 숨통이 트이는 느낌을 받기도 했다. 낮은 지붕의 허름한 집들이 양켠으로 밀집해 있는 골목들이 내게는 그나마 마음껏 숨을 몰아쉴 수 있는 공간이 돼주었던 것이다. 이듬해 다시 대전으로 이사를 가서도 저녁마다 골목을 쏘다니는 버릇은 고쳐지지 않았다. 2년 후 비로소 변두리에 세 칸짜리 집을 지어 이사를 할 때까지 말이다.

고백하건대 나는 50이 넘은 지금까지도 골목길의 정서에서 벗어나지 못하고 있다. 어느 도시를 가든 재래시장 골목부터 찾아다니는 걸 보면 알 수 있다. 외국 여행을 하는 중에도 나는 대개 시장부터 들르곤 한다. 또한 술기운에 젖어 변두리 골목을 서성이곤 한다. 그래야만 비로소 그 지역에 거주하는 사람들의 삶과 정서를 이해할 수 있다는 생각을 한다.

몇 년 전에 정릉으로 이사를 와서도 내가 먼저 한 일은 주말마다 재래시장 골목을 어슬렁거리는 것이었다. 더불어 그 옆에 면해

있는 한옥촌 골목을 기웃거리며 언젠가는 아파트를 떠나 이곳으로 이사를 올까, 하는 생각을 한 적도 있다. 뿐만 아니라 가까운 거리에 있는 서촌이나 북촌 지역의 골목길을 돌아다니며 옛 시절의 추억에 잠기기도 했다.

어느 날 나는 삼청동 길을 걷다가 무작정 북촌 방향이라고 짐작되는 골목으로 빠져 들어갔다. 그리고 어느 집 대문 앞에 내다 놓은 화분에서 새싹이 움터 오르는 것을 보고 발길을 멈췄다. 화분 주위에는 가구니 난로 등속의 폐기물들이 함께 버려져 있었다. 그리고 환영을 보았던 것일까? 저쪽 골목 끝에서 화사한 한복 차림의 여인이 양산을 접으며 한옥 대문 안으로 꿈결처럼 사라지고 있었다. 그러자니 오래전의 일이 눈앞에 떠올랐다. 대학교 신입생이었을 때 나는 어떤 여학생과 교제를 하게 되었는데, 밤이 늦으면 집 근처까지 바래다주었다. 물론 그녀가 원해서였다. 도시 변두리에 위치한 그녀의 집은 어두운 골목을 통과해서 가야만 했다. 그런데 골목 입구에 이르면 그녀는 예외 없이 그만 돌아가라고 내게 말하는 것이었다. 그녀의 어깨 너머엔 커다란 짐승의 아가리처럼 어두운 골목이 깊게 도사리고 있었다. 가로등은 아주 먼 데서 흐리게 빛을 발하고 있을 뿐이었다. 그녀는 골목을 걸어가면서 연신 뒤를 돌아보곤 했는데, 아마 이런 이유 때문이었으리라 짐작된다.

우선 무서움 때문이었을 테고, 그다음은 내가 따라오는지 확인하기 위해서. 그 경계에서 나는 늘 외롭게 흔들리며 서 있었다.

이윽고 그녀가 완전히 어둠에 묻혀버리면 나는 머뭇거리며 그 골목 안으로 걸어가보곤 했다. 그리고 대개 이러한 풍경들을 목도하곤 했다. 전봇대 옆에 등을 돌리고 서 있는 젊은 남녀, 밤하늘을 올려다보며 담배를 피우고 있는 남자, 술에 취해 노래를 부르며 비틀비틀 걸어가는 중년의 남자, 공중전화에 매달려 있는 울고 있는 어떤 여자, 혹은 대문 앞에서 팔짱을 낀 채 초조하게 서성이며 남편을 기다리는 여염집 여자, 그리고 저쪽에서는 누군가 싸우는 소리가 들려오기도 했다. 이를테면 그녀는 내가 목격하고 있는 풍경들 속을 지나 집으로 돌아간 것이었다. 그러니까 막상 필요한 지대에서 나는 그녀 옆에 존재할 수 없었던 것이다. 그녀는 내게 무언가를 보여주고 싶지 않았던 것이겠지. 그 경계를 끝내 허물지 못했던 탓일까? 봄에 만났으되 여름이 가기도 전에 그녀와 나는 헤어지고 말았다. 마지막으로 그녀를 바래다주던 밤, 나는 어느 집 대문 옆에 버려져 있는 화분에서 봉숭아가 피어 있는 것을 보고 그만 울컥, 하는 심정이 되고 말았다. 첫눈이 내릴 때까지는 만날 줄 알았던 것이다.

통영의 동피랑에 올라본 적이 있다. 허름한 매점 앞에서 커피를 마시며 강구안 앞바다를 내려다보다 나는 어디선가 읽은 건축가의 글을 무심코 떠올리고 있었다.

"도시에서의 골목은 사람들이 유일하게 숨을 쉴 수 있는 공간입니다. 재개발이 진행될수록 그 공간은 사라지게 마련입니다. 삼청동처럼 옛것과 새것이 적절히 조화를 이룰 수 있는 개발이 필요합니다. 그것이 곧 도시의 역사를 보존하는 길이며 새로운 문화를 만들어가는 과정입니다."

흑백으로 각인된 골목의 풍경들은 내 육체 속에 숲의 잔해처럼 남아 있다. 비록 어두웠던 기억일지라도 내게는 여전히 잊지 못할 추억의 공간으로 존재하고 있다. 저 낯선 그림자들이 서성대는 익숙한 공간으로 말이다.

사원들
—성스러운 사유의 집

전에 어디선가 짧게 언급했던 것으로 기억하는데, 내가 절로 들어간 것은 1986년 봄, 군에서 제대한 직후였다. 졸업까지 한 학년을 남겨둔 대학에 복학하기는 이미 늦은 상태였고 실은 학교로 돌아갈 마음도 없었다. 나와 동세대, 즉 386(이들은 바야흐로 50대가 되어 586세대가 되었다)들은 공감할 것이다. 81학번으로 대학을 다녔다는 것이 결코 낭만적인 추억이 되지 못한다는 것을 말이다. 입학하자마자 최루탄 냄새에 쫓겨 다니며 마치 범죄자가 된 기분으로 살아야만 했다. 대학에 입학할 즈음 나는 부친과 기나긴 갈등을 겪은 끝에 마침내 반목 상태에 이르러 있었다. 내가 문학에 입문하는 것을 한사코 반대했던 부친은 이후 내게서 관심을 거

두어버렸다. 그러니 나로서는 스스로 선택한 대학에 대한 보상 심리가 작용할 수밖에 없었다. 또한 맹렬하게 글쓰기에 전념해 대학을 졸업하기 전에 일찌감치 등단을 완료하자는 목표와 자기 기대가 있었다.

그러나 그 꿈은 3월이 가기도 전에 사라지고 말았다. 기대가 컸던 만큼 강의는 좀처럼 마음에 와 닿지 않았고 어울릴 만한 사람을 찾지 못해 주위를 두리번거리다가 곧 포기했다. 동급생들은 내가 문학을 한다는 사실을 어렴풋이 알고 있었다. 하지만 운동(무브먼트)에는 그다지 적극적이지 않으며 단지 어두운 자의식에 빠져 지내는 외골수로 취급했다. 그러니 아무도 나를 가까이하려 하지 않았다. 그렇다고 행여 섭섭한 마음이 드는 것도 아니었다. 가끔 쌀이나 김치를 보내주는 여학생이 하나 있었는데, 혹시 내게 관심이 있나 싶어 어느 날 물어보았더니, 그건 또 아니라고 했다. 단지 문학을 한다기에 후원을 좀 하는 것뿐이라고 했다. 요즘 말로 하면 노블레스 오블리주에 해당되는 것인가?

군대는 졸업을 한 후에 갈 생각이었으나, 더 이상 자폐감을 견디기 힘들어 나는 3학년을 마치고 이듬해 1월 4일자로 춘천 102보충대로 입대했다. 그즈음 나는 자발적으로 강요받은 시대에 대한 부채의식에 시달리고 있었고 해마다 신춘문예에 응모했으나 낙선을 거듭했고 술 담배에 곯아 그새 심신이 피폐해져 있었으며, 또한 근거 없는 분노와 증오심에 사로잡혀 있었다. 이러다 사람이 아주 못쓰게 되는 것이 아닌가, 라는 자각 끝에 나는 문득 '군대'라는 단어를 떠올렸던 것이다. 그동안 왜 그곳을 염두에 두지 않았는지 나로서도 이상할 지경이었다. 군대도 배웅하는 사람 없이 혼자 갔다. 입대 전날 집결지인 천안역 근처에서 머리를 삭발하고 소주를 곁들여 국밥을 한 그릇 먹은 다음 일찌감치 여관에 들어가 잠을 잤다. 그리고 새벽에 일어나 역 앞에서 대충 해장을 하고, 헌병들이 좌우로 도열해 있는 입영열차에 서둘러 올라탔다. 이후 나는 성실하게 군복무를 수행했으며 그러다 보니 도중에 하사관으로 차출되는 불상사를 겪기도 했다. 아무튼 육군 하사로 제대를 하게 되어 화천을 떠나 춘천쯤에 이르자, 앞으로 무엇을 하며 살아야 할지 불쑥 막막해지는 것이었다. 집으로 돌아가 봐야 부모를 대할 면목이 없는 데다, 복학 때까지 빈둥거리며 지낼 생각을 하니 지레 구역질이 치밀어 올랐다.

서울에 도착해 부모가 사는 대전으로 가는 기차에 올라타는 대신, 나는 광주로 가는 표를 끊었다. 얼마 전에 먼저 제대한 전우 둘이 그곳에 살고 있었던 것이다. 말하자면 그들과 만나 서로 장래에 관해 논하고 싶었다. 도청 건너편에 있는 '베토벤'이라는 고전

음악 감상실에서 만나 우리는 다음과 같은 얘기들을 나눴다.

"앞으로 무엇을 하며 살아야 할까?"

"난 외무고시 준비하려고."

이렇게 대꾸한 친구는 한국외국어대학교에 재학 중이었다.

"난 사법고시 준비하려고. 대녕이 그대는 장차 무엇을 간구할 요량인데?"

이 친구는 조선대학교 법대에 재학 중이었다.

"나? 나는 곧 절로 들어가 출가 준비하려고."

그러자 두 친구가 서로 마주 보더니 어색하게 웃었다.

"출가면 출가지, 출가 준비는 뭐야?"

"그런가? 그럼 막바로 출가하지 뭐."

뭔가 염려가 됐던지, 그중 한 친구가 이렇게 말했다.

"아니, 생각해보니 그것도 준비 기간이 필요한 것 같다. 나중에 후회하면 안 되니까, 일정 기간 절에 있어본 다음에 결정하면 되잖아."

"그래, 나도 그게 좋을 것 같은데. 절에 머물며 글도 다시 써보면서 천천히 생각하는 거야. 그건 아무래도 운명에 관계된 문제니까."

그날 나는 입산하기로 결정하고 다음 날 대전으로 올라와 가족들과 해후한 다음 곧바로 짐을 싸 들고 공주公州로 가는 버스에 올라탔다. 왜 하필 공주였는지는 모르겠다. 아마 무심결에 왕릉이 있는 고도古都로 가려 했던 게 아니었을까?

버스 터미널에 내려 나는 시장통에서 국수를 사 먹고 이발소에서 삭발을 한 다음 밀짚모자를 사서 썼다. 더불어 흰 고무신으로 갈아 신고 무작정 산이 보이는 곳으로 걷기 시작했다. '과거의 마음도 얻지 못하고 현재의 마음도 얻지 못하고 미래의 마음도 얻지 못할'(『금강경』) 바에야 아닌 게 아니라 진면목眞面目을 찾기 위해 출가를 하는 게 생의 도리라는 생각이 들었다. 산속으로 두어 시간을 걸어 올라가고 있는데, 저쪽에서 행색이 남루한 웬 젊은 사문沙門이 내려오고 있는 게 보였다. 그가 내 옆을 지나갈 때 나는 잡아채 듯 물었다.

"지금 어디로 가는 중입니까?"

그러자 그는 나를 쳐다보지도 않은 채 손가락으로 하늘을 가리키고는 내처 길을 재촉하는 것이었다. 푸르른 하늘엔 흰 구름이 두둥실 떠가고 있었다. 흠, 만행萬行 중인 운수납자雲水衲子라는 뜻이겠군. 순간 나는 가슴이 뜨거워져옴을 느꼈다. 그 묵음의 화답이 나를 불길처럼 일으켜 세우는 것이었다. 좀 더 올라가자 '백련사'라는 허름한 표지판이 밤나무 가지에 걸려 있는 게 보였다.

백련사에는 노스님 한 분과 부엌일을 하는 중년의 보살이 있을
뿐이었다. 내가 경내 마당으로 들어서자, 마침 요사채 마루에 앉
아 햇볕을 쬐고 있던 스님이 우두커니 바라보더니 물어왔다.

"어디서 왜 왔는가?"

나는 오던 길에 이미 선문답을 익힌 터라, 마당을 한 바퀴 빙 돈
다음 고무신을 벗어 대웅전 섬돌 위에 가지런히 올려놓고 마루 앞
으로 다가갔다. 스님은 픽, 웃어넘기더니 엉뚱한 말로 화답했다.

"자네도 도피 중인 운동권 학생인가? 그렇다면 잘못 찾아왔네.
이 코딱지만 한 절집까지 심심찮게 순사들이 내방하시더군. 아니
면 고시생인가? 그렇다면 하숙비나 내고 두어 달 머물다 가든지
말든지."

"본래면목을 찾고자 원래 자리로 돌아왔습니다."

"그런 건 애초부터 없어! 헛물켜지 말고 마당에 빗자루질이나
하고 날 밝기 전에 가버려."

그러더니 마루에서 일어나 횡하니 대웅전으로 들어가버리는
것이었다. 저녁 예불 시간이었던 것이다. 나는 운판 때리는 소리
와 목어 치는 소리를 들으며 싸리빗자루로 마당 청소부터 했다.
그리고 부엌에서 무장아찌와 백김치뿐인 반찬으로 저녁을 얻어
먹고 요사채로 들어가 누웠다. 정세를 보아 하니 쫓아내지는 않을

것 같았다. 그 후 11개월을 그곳에 머무는 동안 노스님은 하숙비를 받지 않는 대신 나를 거들떠보지도 않았다. 내가 하는 일이란 조석으로 마당 청소를 하고 낮에는 밭일과 땔감을 지어 나르고 보살이 출타 중일 때는 밥까지 짓는 온갖 허드렛일이었다. 행자 노릇이려니 하고 견디고 살았으나 '자기 확인의 고요'에 이르지 못해 밤마다 '나'라는 화두를 잡고 몸부림을 쳐야만 했다.

바야흐로 하늘에서 비가 내리고 사방에 꽃이 피는 천우사화天雨四花의 계절이 되자 내 얼굴에도 붉은 점들이 맺히기 시작했다. 이를테면 화두 때문이었다. 정수리에서 피가 터져 솟구쳐 나와야만 몸에서 열이 빠져나간다고 했다. 그 지경에 이르렀는데도 노스님은 결코 상관하지 않았다. 나는 결사의 심정으로 아궁이에 불을 땔 때 방을 화덕처럼 만들어놓고 안으로 들어가 문을 잠근 채 며칠을 밖으로 나오지 않았다. 그러나 내가 '한 소식'하기 위해 그러는 줄 알고 보살조차 노크 한 번 하지 않았다. 제풀에 기진해 엉금엉금 마루로 기어 나오자 여름비가 세차게 쏟아지고 있었다. 그사이 몸의 열은 사라져 있었으나 무어라 말할 수 없는 공막감과 허무감이 밀려와 있었다.

다음 날 나는 바랑을 지고 만행에 나섰다. 무더위가 기승을 부리는 날들이었다. 이후 걸인의 행색으로 한 달여를 여기저기 떠돌다 나는 부여 성흥산 대조사大鳥寺에 들러 주지스님을 붙잡고 읍소하다시피 하며 받아줄 것을 간청했으나, 스님은 아무 말 없이 내 어깨 너머로 방금 내가 소처럼 기어 올라온 길을 가리킬 뿐이었다. 나는 불현듯 억하심정이 되어 그가 보는 앞에서 돌을 주워 대웅전 안으로 홱 집어 던지고는 발길을 돌렸다. 그때 푸드덕, 하고 어디선가 하늘로 새가 날아오르는 소리가 들려왔다. 순간 나는 무언가를 깨달은 느낌이었다. 삽시간에 온몸이 얼음장처럼 싸늘하게 변하면서 마음이 하늘처럼 환하게 열리는 것이었다. 이를 두고 불교에서는 돈오돈수頓悟頓修 혹은 활연대오豁然大悟라고 한다. 마침내 나도 한 소식했다는 생각에 미친놈처럼 낄낄거리며 원래 자리로 돌아가기 위해 발길을 서둘렀다. 일자무식에 나무꾼이었던 육조 혜능을 단박에 깨닫게 했던 '머뭇거리지 말고 문득 네 마음을 내어라'(『금강경』)라는 구절을 떠올리며 나는 그 밤에 백련사로 급히 돌아왔다.

이후 나는 대체로 조용한 시간을 보냈다. 비록 사문이 될 수 없음을 깨달았지만 경전 공부도 열심히 하고 더디게 글을 써보기도 했다. 그리고 가끔 공주 시내에 내려가 술을 마시고 올라와 일부러 대웅전에 들어가 큰 대자로 누워 잠을 자기도 했다. 그러면 새벽 예불을 하기 위해 들어온 노스님이 사정없이 발로 걷어차는 것

이었다. 훗날 돌이켜보기를, 그때 노스님이 나를 절에서 내쫓지 않았던 것은 내가 적적함을 달래주는 역할을 담당했기 때문이 아니었나 싶다. 노스님은 내가 대학을 졸업하던 해 마침내 번뇌의 등불을 끄고 한 그루 자연自然인 양 입적했다고 한다.

흔히들 불교를 '숲의 종교'라고 한다. 그리고 거기 세워진 사원은 '천년의 침묵이 쌓인 성곽'처럼 늘 허전하다. 그러나 그 허전 속에는 자연과 존재와 우주에 관한 사유들이 한순간도 쉬지 않은 채 뜨겁게 충돌하고 있다. 인간만이 짊어지고 추구하는 구도와 구법의 맹렬한 열기로 가득하다. 그래서 나는 아직도 초파일이 되면 연등 불빛에 이끌려 사원으로 향하곤 한다. 뿐만 아니라 아직도 만행하듯 틈만 나면 이곳저곳을 돌아다닌다. 나를 속세로 돌려보냈던 부여 대조사에도 두어 번 더 가보았다. '큰 새가 앉아 있다 날아간 바위'가 가끔 그리워질 때가 있는 것이다.

그리고 봄의 선암사(아, 그 향나무들), 가을의 내소사(아, 그 전나무 길), 부처의 큰 밥사발(탑)이 있는 양산 통도사, 해남 대흥사의 비에 젖은 수국들, 화엄사 각황전 옆의 홍매 한 그루, 동학사 담 밖으로 새어 나오던 비구니들의 청아한 웃음소리, 찾아갈 때마다 출가의 욕망을 자극하는 부여 부석사 무량수전, 사과나무 길을 통과해야만 닿을 수 있는 영주 부석사, 마룻구멍으로 바다가 내려다

보이는 양양 낙산사 홍련암, 탄노이 스피커를 통해 흘러나오는 바흐를 들을 수 있는 해남 일지암, 저물녘의 비단 같은 바다가 내려다보이는 남해금산 보리암, 고향에 내려갈 때마다 들르는 수덕사와 덕숭산 꼭대기의 정혜사, 거기에 이르는 아름답고 긴 돌계단들…… 또한 오대산 적멸보궁으로 올라가는 길, 마치 종교에 입문하는 길인 듯…… 사유에 젖게 하는 그 수많은 사원으로의 길들.

다음은 『벽암록』에 나오는 덕산德山과 용담龍潭의 일화이다.

"용담이라고 해서 찾아왔더니 용도 없고 못도 없구먼."

그러자 용담은 '그대가 용이고 못일세'라며 슬쩍 비켰다.

한참 얘기를 나눈 덕산이 처소로 돌아가려 하는데, 밖이 몹시 캄캄했다. 용담은 친절하게 불을 붙여주었다. 덕산이 이를 받아 드는 순간, 용담은 훅 불어서 이를 꺼버렸다. 이때서야 덕산은 활연대오했다.

역전 다방
—우리 모두가 남루한 행인이었을 때

과거에 분명 경험을 한 일인데도, 한갓 꿈이었던 것처럼 평소에는 완전히 잊고 지내는 일들이 있다. 그러다 봄날에 열어놓은 창문 안으로 나비 한 마리가 날아들어 오듯, 부지불식간에 의식의 틈새를 비집고 되살아나는 일이 있다. 이를테면 기시감과 비슷한 증상인데, 곰곰이 생각하다 보면 놀랍게도 실체험의 기억과 맞닿아 있는 것이다.

얼마 전에 나는 충동적으로(늘 이런 식이다) 전주에 다녀왔다. 굳이 사정을 밝히자면 오랜만에 경기전慶基殿 앞에 있는 막걸리집에서 술을 마시고 싶어서였다. 평소에 가깝게 지내는 후배 소설가를 꼬드겨 전주에 도착해 한옥마을에 숙소부터 정했다. 그리고 곧장 술집으로 자리를 옮겨 아직 해가 남아 있는 일곱 시 무렵부터 출입문을 등지고 앉아 주전자 막걸리를 마시기 시작했다. 주전자에는 막걸리 세 병이 들어가는데, 열 시까지 두 주전자를 마셨으니 꽤 마신 셈이었다. 대개들 알고 있겠지만 전주에서 주전자 막걸리를 주문하면 기본 안주가 열 가지쯤 나온다. 거기다 한 주전자를 더 주문하면 홍어나 산낙지 등속의 고급 안주를 하나 더 추가할 수가 있다. 사실 그날 두 주전자를 마신 것은 기본으로 나온 안주가 입에 당기지 않기 때문이었다. 부러 서울에서 전주까지 내려올 만큼의 기대를 충족시켜주지 못했던 것이다. 안주는 눈여겨보지 않은 채 후배와 나는 허술한 잡담이나 늘어놓고 있었다.

"고2 때 전북사대부고에 다니는 여자애와 편지를 주고받다가 이듬해 전주에 오게 됐는데, 그 애가 먼저 나를 데려간 곳이 어디게? 여름이었지, 아마?"

후배는 전주 부근이 고향이므로 이쪽을 대체로 잘 알고 있었다.

"덕진공원에 가서 연꽃부터 관람시켰겠죠 뭐."

"그다음엔?"

"한밭식당의 한정식이나 가족회관의 비빔밥을 대접했겠죠 뭐."

"그다음엔?"

"경기전 앞에 와서 막걸리를 마셨겠죠. 그게 바로 이 집 아니우?"

이렇듯 속내가 뻔히 들여다보이는 말을 나누고 있으니 술맛조차 그저 그러했다. 막걸리집에서 나와 숙소로 들어가자니, 뭔가 허전한 느낌이 들어 나는 택시를 타고 전주역으로 가자고 했다.

"거긴 뭐하게요? 서울로 먼저 올라가려구요?"

"아니 그냥, 술도 깰 겸 역 앞에 잠시 앉아 있고 싶어서. 그새 34년 전이네. 그녀가 전주역 앞에서 나를 기다리던 그해 여름날의 어느 오후가."

"이래서 노인과는 다니지 말아야 하는 건데……. 덩달아 50이 넘었을 그녀는 상기 무고한가요?"

"아직도 전주를 못 떠나고 있는 모양인데, 3년에 한 번꼴로 술에 취하면 전화를 걸어오더군. 그때마다 무슨 말을 하는지 알아듣긴 어렵지만."

"그럼 연락이나 한번 해보든지요."

"연락처 따위는 알려고 하지도 않았어. 나로 말할 것 같으면 열여덟 살 때의 그녀가 어쩌다 진눈깨비가 날리거나 봄바람이 불어가듯 그리울 따름이니까."

"그 당시의 자신이 그리운 거겠죠. 다방에 들어가 커피나 한잔하고 얼른 들어가 다리 뻗고 쉬죠. 장거리 운전을 했더니 피곤하네요."

그와 나는 역 앞에 있는 옛날식 다방에 들어가 커피를 주문했다. 잠시 후 한복 차림의 중년 여자가 쟁반을 들고 와 맞은편에 앉으며 하얀 사기잔에 커피 세 스푼, 설탕 세 스푼, 프림 세 스푼을 넣은 뒤 물을 붓고 휘젓더니 내 앞으로 밀어놓았다. 이름하여 '다방 커피'였다. 이후 몇 마디 무의미한 문답이 오갔다.

"서울에서 오셨나요?"

"척 보면 아시나 봅니다. 영업은 몇 시까지 하죠?"

"그야 주야불문, 역전 다방이잖아요."

"……밤새 손님들이 드나드는 모양이죠?"

"실은 곧 문 닫을 시간이에요. 통금이 해제된 후로는 새벽 손님이 자취를 감췄으니까요."

통금. 마담이 필시 농으로 던졌을 그 말을 듣는 순간, 나는 돌부리에 걸린 듯 까맣게 잊고 있었던 기억을 아득히 떠올리고 있었다.

내가 중학교에 들어가던 해 우리 가족은 약 1년쯤 떨어져 산 적이 있었다. 두 해 전 어렵사리 마련한 방 세 칸짜리 집을 남에게 세주고 학교 근처에 허름한 셋집을 얻어 이사를 했는데, 그 과정에서 이산가족의 형태가 되고 만 것이었다. 어머니와 여동생은 서울로 가고 아버지와 누나와 나는 새로 이사한 집에서 함께 살게 되었다. 행여 자식들의 교육 문제 때문이 아니었다. 얼핏 엿들은 말에 따르면 어머니와 여동생은 서울 관악구에서 의상실을 하는 이모 집에 머물게 될 거라고 했다. 의상실 일을 거들며 돈을 벌기 위해서겠지, 라고 생각하려 했으나 등에 종기라도 난 것처럼 뭔가 불편하고 불안한 느낌이 들었다. 그즈음 밤이면 부모가 소리를 낮춰 가끔 다투는 소리를 잠결에 듣곤 했던 것이다.

어머니와 떨어져 사는 동안 집안 분위기는 고아원처럼 삭막했다. 아버지는 늘 밤늦게 일터에서 돌아왔고 집안일은 두 살 터울의 누나가 도맡아 했다. 누나라고는 하지만 고작 열여섯 살밖에 안 된 사춘기 소녀에 불과했다. 이 시기에 누나와 나는 마음에 큰 상처를 입었는데, 그래서인지 그즈음의 일을 지금까지 단 한 번도 입에 올린 적이 없다. 물론 누나와 나만이 상처를 입었을 리는 없을 터이다. 그렇듯 암울한 날들이 길게 지속되고 있던 어느 날, 밤늦게 집으로 돌아온 아버지가 느닷없이 내게 이렇게 말하는 것이었다.

"급히 다녀올 데가 있으니 옷부터 챙겨 입어라. 내일에나 돌아올 테니 너는 집 잘 지키고 있고."

대꾸라는 걸 용납하지도 않으려니와 해본 적이 없는 나로서는 서둘러 교복으로 갈아입고 아버지를 따라나섰다. 아마도 열 시쯤이 아니었나 싶다. 아버지를 따라간 곳은 대전역이었다. 플랫폼에서 가락국수를 한 그릇씩 비운 다음 아버지와 나는 서울행 완행 열차에 몸을 실었다. 직감적으로 나는 어머니를 만나러 간다는 것을 알 수 있었다. 그러나 가슴이 뛰기는커녕 알 수 없는 예의 불안감이 엄습했다. 아버지는 잠을 자는지 서울에 도착할 때까지 줄곧 눈을 감고 있었고 나는 가락국수에 고명으로 섞여 있던 쑥갓 냄새를 떠올리며 하릴없이 기억에 담아두려 애쓰고 있었다. 난생 처음 가보는 서울은 멀고 멀었다. 나는 야간열차 안에서 도깨비처럼 도사리고 앉아 입을 벌린 채 잠들어 있는 낯설고 누추한 사람들의 얼굴을 눈여겨보며 속으로 치를 떨고 있었다.

기차가 노량진역에 도착한 것은 새벽 세 시가 가까워서였다. 통행금지가 풀리는 시각은 네 시였으므로 역사 밖으로 나갈 수 없었으나, 아버지는 눈치껏 나를 데리고 역 앞에 있는 다방으로 들어갔다. 나는 그날 태어나서 처음으로 밤의 세계를 여행하고 있는 중이었다. 다방 안에 앉아 있는 남루한 행색의 사람들은 대부분 가방을 끌어안은 채 잠들어 있었고 간혹 신문을 뒤적거리는 사람들도 보였다. 아버지는 쌍화차를 두 잔 시키고 담배를 피워 물었다. 쌍화차 안에는 달걀노른자와 통깨 몇 알이 떠 있었다. 그걸 억지로 마시고 나서 나는 설핏 잠이 들었다.

누군가 흔들어 깨어나니 새벽 네 시였다. 마담은 버스가 다니려면 아직 한 시간을 더 기다려야 한다고 했다. 그동안 밥이나 먹어두자며 아버지는 해장국집으로 나를 데리고 갔다. 역 앞에 있는 식당에서 먹는 선지 해장국은 지독하게 짰고 또한 맛이 없었다. 식당에서 나와 종이에 적힌 주소를 사람들에게 물어물어 이른 아침 녘에 찾아간 관악구 본동의 의상실에서 아버지와 나는 막 잠에서 깨어나 방에서 나온 어머니와 마주쳤다. 어머니는 그닥 놀란 기색이 아니었다. 또한 나를 보고도 별로 반기는 눈치도 아니었다. 나는 본능적으로 더 이상 상처를 입지 않으리라 다짐하며 이를 악물었다. 아버지는 그날 아침에 곧바로 대전으로 돌아갔고 나는 서울에 남아 어머니, 여동생과 며칠을 지낸 뒤 혼자 대전으로 내려갔다. 그리고 몇 달 후 어머니가 여동생을 데리고 조용히 집으로 돌아오면서 그 수수께끼 같던 시절이 지나갔다.

고3이 되어 나는 노량진역 앞에 있는 그 다방에 다시 가게 되었다. 경희대 주최 고교 백일장에 참석하기 위해 서울에 올라온 나는 이모 집에서 하루 묵어야만 했다. 노량진역에 내려 버스 정류장으로 향하던 길에 그 다방의 간판이 눈에 들어왔다. 사복 차림이었으므로 나는 태연하게 다방으로 들어가 쌍화차를 주문했다. 내 신분을 눈치챈 듯했으나 한복 차림의 마담은 말없이 쌍화차를 내다 주었다. 그녀를 불러 앉혀놓고 간곡히 무슨 얘긴가를 나누고 싶었으나 물론 그렇게는 되지 않았다. 그때 나는 그녀에게 과연 무슨 말을 듣고(혹은 전하고) 싶었던 걸까?

같은 해 나는 밀양 아랑제에 참석하기 위해 부산에 내려갔다. 부산으로 먼저 간 이유는 경희대 백일장에서 만난 친구가 그곳에 살고 있었고 마침 그가 속한 문학 동인회의 시화전이 현대칼라 전시장에서 열리고 있었기 때문이었다. 대전발 0시 50분 기차를 타고 부산에 도착하니 아침 녘이었다. 광장으로 나가니 친구가 어떤 여학생과 나란히 서 있었다. 인사를 나누다 보니 그녀는 방금 나와 같은 기차를 타고 내려온 승객 중 하나였다. 수원이 집이라고 했다.

"어데 가서 아침부터 묵자."

친구의 말에 나는 무심코 이렇게 대꾸하고 있었다.

"아니, 그 전에 요 앞 다방에 가서 쌍화차부터 한잔 마시는 게 어때?"

"쌍화차?"

순간 나는 가슴이 철렁 내려앉았다.

"그럼 커피 마실까?"

"니, 다방 좋아하는갑다."

여학생은 아무 말이 없었다. 다방에 들어가 자판기 커피와 다름

없는 다방 커피를 마시고 있자니 속이 쓰려왔다. 곧 식당으로 자리를 옮겼으나 여학생은 줄곧 나를 외면하고 있었다. 제대로 잠을 못 잔 상태에서 시화전을 관람하고 우리는 내처 밀양으로 가는 버스에 올라탔다. 백일장에 참석해 시제詩題를 받아 들었지만 도무지 영감이 떠오르지 않아 나는 밀양강 다리 아래로 내려가 자갈밭에 누워 잠이 들었다. 주위가 시끌벅적해 눈을 뜨니 친구가 장원 아래 차상을 했다며 막걸리를 사 들고 내려와 문우들에게 술잔을 돌리고 있었다. 새벽에 나와 같은 기차를 타고 내려온 여학생은 안타깝게도 낙선한 눈치였다.

술이 취한 상태에서 그녀와 나는 밀양역에서 서울로 가는 기차에 함께 올라탔다. 딱히 할 말이 없던 차에 나는 그녀에게 편지 왕래를 하고 싶으니 주소를 알려 달라고 했다. 그녀는 한참 사이를 두었다가 가까스로 입을 열었다.

"다방 출입은 언제부터 한 거죠?"

그 말 속에는 완곡한 거절의 뜻이 담겨 있었다. 어쨌든 대답을 해야겠기에 나는 사실대로 말했다. 중학교 1학년 때부터라고 말이다. 그녀는 놀란 듯 나를 돌아보더니 눈이 마주치기가 무섭게 고개를 돌려버렸다. 그로부터 대전까지 올 동안 그녀는 밤처럼 침묵하고 있었다. 내가 주섬주섬 자리를 챙겨 일어나려고 할 때서야 그녀는 겨우 입을 열었다.

"거기엔 그럴 만한 어떤 사정이 있었던 걸 거예요. 그렇죠? 그럼 안녕히 가세요."

나는 그 말이 무슨 뜻인지도 모른 채, 고개를 끄덕이고는 서둘러 기차에서 내렸다.

이후에도 나는 종종 타지의 역전 다방에 앉아 있을 때가 있었다. 통금이 해제된 것은 내가 대학생이던 1982년이었다. 이제나저제나 떠돌아다니기를 다반사로 살아온 나는 물론 통금 시간 때문이기도 하고 대개는 수중에 여비가 부족해 역전 다방에서 신세를 지고 살아왔다고 할 수 있다. 중학교 1학년 때 이미 출입을 경험했으니 내게는 익숙한 장소이기도 했다.

그리고 나이가 든 지금에 와서야 나는 비로소 알게 되었다. 계란노른자가 떠 있는 쌍화차의 맛을, 다방 커피의 맛을. 그때 그 시간대에 나와 함께 역전 다방에 앉아 있던 사람들의 한결같이 지난했을 인생살이를. 마치 허구와도 같았던 삶의 슬픔과 고통을. 또한 여태도 가시지 않는 해묵은 불안과 알 수 없는 미련과 분노의 감정들을. 세월이 지나도 결코 아름답게 풍화되지 않는 뼈아픈 추억의 실체를.

경기장

―함성과 고독 사이에서

　제주도에 거주할 때, 나는 중문이나 서귀포 근처를 지나게 되면 가끔 '서귀포 월드컵 경기장'에 들르곤 했다. 축구 경기를 관전하기 위해서가 아니었다. 반대로 경기가 열리지 않는 날, 안으로 들어가 텅 빈 스탠드에 앉아 있곤 했다. 서귀포 월드컵 경기장은 관광객을 위해 낮에는 개방을 해놓는 것이다. 좌석의 위치에 따라 조금씩 달라지지만 그곳에 앉아 있으면 한라산과 서귀포 앞바다에 떠 있는 섬들이 눈에 들어왔다. 가장 가까운 곳에는 문섬이 떠 있는데, 자주 낚시를 다니던 곳이어서 그런지 원근법적으로 나를 바라보는 기분을 느끼곤 했다. '그때 내가 저곳에서 커다란 참돔을 잡은 적이 있었지'라는 식으로 말이다. 또한 아무도 없는 경기장의 푸른 잔디밭을 내려다보고 있으면 어느덧 명상적으로 변해 그때마다 어수선한 속내를 가라앉힐 수 있었다. 축구 경기장이 어떤 사람에게는 이러한 공간으로 변하기도 하는 것이다.

나는 야구와 축구 경기를 좋아한다. 신체 조건이 좋은 편은 아니지만 10대까지는 운동장에서 직접 뛰면서 경기에 참여하기도 했다. 그런데 20대 이후로는 그런 기억이 거의 없다. 또한 경기장을 자주 찾는 것도 아니다. 대체로 그럴 만한 시간과 마음의 여유가 없기 때문이다. 그래서 월드컵 시즌이나 휴일에 고작 텔레비전이나 시청하면서 이를 해소할 수밖에 없는데, 확실히 경기장에서 관전하는 것과는 본질적으로 차이가 있음을 알게 된다. 짐작하듯 그것은 바로 '현장성'의 결여에 있다.

내가 다닌 중학교에는 야구부가 있었다. 아니, 야구로 꽤 유명한 학교였다. 내가 재학 중일 때 전국대회에서 준우승을 했으며 프로야구 감독을 배출하기도 했다. 그리고 내 옆자리에 앉았던 친구는 두산의 전신인 OB 베어스에서 선수로 뛰다가 지금은 현역 코치로 활동하고 있다. 그 친구는 수업 시간에 늘 바늘로 야구공을 꿰매곤 했는데, 선생님은 눈치를 채고도 별로 나무라지는 않았다. 야구부는 학교의 자부심이었던 것이다. 나는 방과 후에 스탠드에 앉아 선수들이 운동장에서 연습하는 광경을 지켜보는 일이 많았다. 이윽고 어둠이 내리고 텅 빈 운동장에 무심코 떨어져 있는 하얀 공을 바라보고 있노라면 무어라 설명하기 힘든 서글픔이 가슴속으로 밀려드는 것이었다.

야구대회가 열리게 되면 단체로 응원을 갔다. 대개는 공설운동장에서 경기가 열렸는데, 학교에서부터 걸어서 무려 4킬로미터나 됐다. 여름은 말할 것도 없고 가을철이라고 해도 일제 강점기의 잔재인 삭발 머리에 검은 교복 차림으로 공설운동장까지 걸어가는 것은 실로 고역이었다. 당시엔 카드 섹션이라는 응원 수단이 전국적으로 유행이었다. 따라서 색깔별로 두꺼운 4절지 카드까지 들고 마치 죄수의 행렬처럼 묵묵히 땀을 흘리며 걸어가야 했다. 경기가 시작되기 두 시간 전에 도착해 카드 섹션을 연습하고 있으면 배가 고픈 것은 물론이요, 목이 말라 지칠 대로 지치게 마련이었다. 그런데도 경기 시작을 알리는 벨 소리가 울리면 뜨거운 열기에 휩싸인 운동장에 긴장감이 감돌면서 배고픔 따위는 곧 잊어버리게 되는 것이었다. 투수의 손을 떠난 공이 스트라이크존을 통과해 포수 미트에 정확히 꽂히는 경쾌한 소리를 듣고 있으면 경이로운 느낌마저 들었다. 공 하나하나에 동물적으로 민첩하게 반응하는 타자의 움직임 역시 마찬가지였다. 딱! 하는 소리와 함께 푸르른 하늘로 하얀 공이 포물선을 그으며 날아가는 것을 바라보고 있으면 마치 가슴을 관통하고 지나가는 듯한 허무한 황홀감이 찾아왔다. 때맞춰 경기장은 순식간에 열광의 도가니로 변하면서 무질서한 질서 속으로 빠져드는 것이었다.

고등학교 시절에는 축구부가 있었다. 역시 전국대회에서 우승, 준우승을 했으며 국가대표와 프로팀 감독을 배출했다. 그러니 또한 경기장에 자주 갈 수밖에 없었다. 원정 경기 때는 버스를 대절해 응원을 가기도 했다. 나이가 들어가면서 간혹 중고등학교 시절을 떠올릴 때가 있는데, 아직도 그날의 함성들이 귓가에 생생하게 들려오곤 한다. 곁들여 말하자면 나는 연고지 팀인 한화 이글스와 대전 시티즌의 팬으로 살아가고 있다. 만년 하위 팀일지라도 연고지 팀을 응원할 수밖에 없는 것이다. 타고난 팔자와 운명이 그러니 어쩌겠는가.

사람들은 왜 그토록 운동 경기에 열광하는 것일까. 요즘은 여성 관중도 꽤 많아졌다. 또한 국가와 지역에 따라 다소 차이가 있긴 해도 축구만큼은 전 지구적인 스포츠라 해도 과언이 아니다. 모든 운동 경기가 그러하지만, 특히 축구는 매우 원시적인 형태의 운동이라는 것을 곧 알 수 있다. 발로 공 하나를 가지고 서로 빼앗기 위해 다투는 것이다. 이처럼 단순하게 요약할 수 있는 형태의 운동에 사람들이 열광하고 때로는 훌리건이 등장하고 심지어는 테러 행위가 발생하기도 한다. 이로 인한 지역감정은 차라리 전제 조건에 가깝다. 그렇다면 축구는 대리전쟁의 수단인가? 반상盤上에서 고요하게 벌어지는 바둑과 장기가 실은 전쟁 시뮬레이션이듯이 말이다. 적어도 유럽에서는 그렇다는 것이 내 생각이다. 유럽에 머물다 보면 사람들이 축구 외에 도대체 무엇에 관심을 가지고 있는지 궁금해질 때가 있다.

스포츠 미학의 관점에서 보면, 운동 경기는 사회관계의 총화이며 변화다단한 유희라고 한다. 또한 스포츠는 신체에 잠재해 있는 힘의 결정과 기교, 전술을 보여주면서 관중에게 정신상의 특수한 향수를 자극한다. 여기서 심미 대상은 운동선수이며 그들의 움직임을 통해 관중 개개인은 쾌락, 비애, 흥분, 실망, 광분의 상태를 수시로 오가게 된다. 선수들의 정제된 행동은 순간 나타났다 사라지며 다시 반복되지 않는다. 이를테면 운동장에서는 반복과 복사가 존재하지 않는다. 전쟁 시뮬레이션이기도 하지만 실은 삶을 응축시켜놓은 것이 다름 아닌 스포츠 경기이다. 그러니 관중은 경기를 관전하면서 특정 선수를 통해 대리만족을 얻고 염원을 투사하며 희로애락을 경험한다. 그러한 격한 감정들이 응축된 형태로 매번 현현되는 공간이 바로 운동 경기장이다.

얼마 전 실로 오랜만에 야구 경기장에 갔다. 한동안 축구에 빠져 있던 아들 녀석이 종목을 바꿔 야구에 열중하게 된 것이 계기가 되었다. 녀석은 야구를 단지 즐기고 좋아하는 것이 아니라 장차 야구 선수가 되는 것이 꿈이다. 토요일마다 방과 후 야구 팀에서 활동하다 저녁참에나 돌아오곤 하는데, 그때마다 머리가 지끈거린다. 좀 더 나이가 들면 현실감각을 터득하고 정신(?)을 차리겠거니 싶어 미리 가로막지는 않고 있지만 아무튼 심각한 수준이다. 학교 공부에 별 관심이 없는 것이다. 사실상 서울이 고향인 아들은 연고지 팀도 나와는 다르다. 넥센 히어로즈의 김병현이 그의 멘토이자 우상이다. 밤에는 문을 닫고 들어가 인터넷을 통해 메이저리그 경기까지 시청한다.

한화 이글스와 넥센 히어로즈의 경기가 열리던 날 우리는 목동 경기장으로 갔다. 어느 팀 응원석에 앉느냐부터가 문제가 되었는데, 표가 매진돼 어쩔 수 없이 한화 응원석으로 가게 되었다. 모두 주황색 유니폼을 입은 관중 틈에 아들 녀석만 자주색 유니폼과 모자를 쓰고 앉아 있으니 눈에 띌 수밖에 없었다. 게다가 그날은 꼴찌 한화가 넥센을 이기는 분위기로 가고 있었다. 회가 거듭될수록 아들 녀석의 얼굴은 울상이 되었고 주위에 앉아 있는 관중들이 급기야 아이를 놀려대기 시작했다. 그들은 대개 술이 불콰하게 올라 있는 상태였고 계속 마셔대고 있었다. 그러다 한화 선수가 안타라도 치게 되면 응원 도구인 비닐 방망이를 두들기며 자리에서 일어났다 앉았다를 반복했다. 그때마다 아이의 시야가 가려지게 마련이었고 하물며 바로 앞에 앉아 있는 젊은 커플은 서로 부둥켜안고 함성을 지르다 아이를 돌아보며 의미심장하게 웃곤 하는 것이었다. 나는 아이를 달랠 양으로 치킨과 피자 따위를 부지런히 사 날랐으나 아이의 표정을 바꾸는 데는 실패했다.

7회말. 여전히 넥센이 지고 있는 상황에서 나는 뒤늦게 깨달았다. 이러고 있을 때가 아니라는 것을. 통로에 서서 관전하는 일이 있더라도 속히 넥센 응원석으로 아이를 데려가야 한다는 것을. 연고지 팀인 한화가 이기고는 있었으나 나는 그다지 즐거운 상태가 아니었다. 게이트를 빠져나가 넥센 응원석으로 옮기자 아이의 표정이 금세 달라지기 시작했다. 아이에게 이기고 지는 것은 이미 문제가 아니었다. 미운 오리새끼처럼 남의 응원석에 앉아 있는 것 자체가 아이에게는 굴욕이자 수모였던 것이다. 결과는 넥센의 패배였다. 하지만 아이는 뿌듯한 표정을 짓고 있었다. 마침내 그토록 오고 싶어 했던 야구 경기장에서 연고지 팀의 경기를 관전하게 된 것이었다.

그날 목동 야구 경기장에서 나는 틈틈이 아이의 얼굴을 돌아보며 위에서 언급한 온갖 감응 상태를 확인했으며 속으로 야릇한 감동을 받고 있었다. 그것은 말할 것도 없이 내가 10대에 경험했던 감정의 소용돌이와 같은 것이었다. 올해 대전 야구장이 개보수 공사를 마치고 새로 단장했다는 뉴스를 보며 나는 다시는 그때로 돌아갈 수 없다는 것을 새삼 깨달았다. 또 목동 야구장도 오래지 않아 신축 공사에 들어간다는 얘기를 들었다.

앞으로 나는 좀 더 자주 아이와 함께 야구 경기장이나 축구 경기장을 찾을 생각이다. 그리고 기회가 된다면 빈 경기장 스탠드에 앉아 푸른 잔디구장을 내려다보며 이런저런 얘기를 나누고 싶다. 서귀포 월드컵 경기장에서도 나는 혼자가 아니라 실은 아이와 함께 있었다. 당시 다섯 살이었던 아이는 한곳에 가만있지를 못하고 노루처럼 여기저기를 뛰어다니고 있었다. 그사이 나는 한라산과 바다를 번갈아 바라보며 앞으로 무슨 글을 쓰며, 어떻게 살아가야 할지를 생각하고 있었다.

그러다 경기장의 문을 닫을 시간이 되었는지 게이트에서 관리인이 나타나 그만 나가줘야 한다고 내게 말했다. 그제야 나는 정신을 차리고 주위를 둘러보았다. 그런데 어디로 갔는지 아이가 보이지 않았다. 날이 슬슬 저물고 있는데 말이다.

잠시 후 아이가 잔디구장에 나타났다. 경기가 있는 날 선수들이 사용하는 운동장에 아이가 별안간 나타난 것이다. 나는 도로 스탠드에 앉아 푸른 풀밭을 뛰어다니는 아이의 모습을 한동안 물끄러미 내려다보고 있었다.

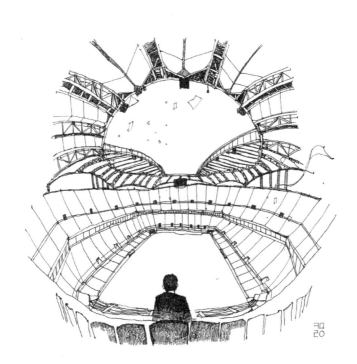

음악당
─황홀한 명상의 기쁨이 가득한

해남 대흥사 일지암─枝庵에 처음 가본 것은 대학을 졸업하던
해 봄이었다. 고향이 해남인 광주 친구와 함께였다. 이 친구와는
군대에서 만나 지금껏 인연을 이어오고 있는데, 나를 오디오의 세
계로 안내한 장본인이기도 하다. 일지암 하면 누구나 초의선사,
추사, 소치 허련을 떠올리게 된다. 물론 나 역시 사정이 다를 리 없
었다. 그런데 일지암 경내로 들어서는 순간 목탁 소리도 독경 소
리도 아닌, 어쩐지 귀에 익은 첼로 소리가 들려오는 것이었다. 음
악이 흘러나오는 곳은 일지암과 조그만 연못을 사이에 두고 있는
'자우홍련사紫芋紅蓮社'라는 편액이 걸려 있는 기와집 안이었다.

절에 와서 바흐의「무반주 첼로」를 듣게 되다니!

묵직한 저음으로 간곡하게 호소하는 듯한 첼로 소리는 봄날의 연둣빛 공기 속에서 아름답게 울려 퍼지고 있었다. 비록 복원을 했을망정, 자우홍련사 혹은 자우선방은 초의선사가 살림을 했던 곳이며 또한 소치 허련이 남종화의 기틀을 다진 유서 깊은 장소였다. 바로 그 방에서 난데없이 바흐가 흘러나오고 있었던 것이다. 이게 어찌 된 일이냐고, 나는 친구를 돌아보며 눈을 부릅떴다. 그는 빙긋이 웃으며 이렇게 말하는 것이었다.

"주지스님이 클래식 마니아야. 오디오 파일이기도 하고."

'파일'은 '마니아'의 또 다른 표현이자, 오디오족들이 자신들을 구별 짓기 위해 지어낸 말이기도 하다. 방문이 반쯤 열려 있어 들여다보니, 한쪽 벽에 음반들이 가지런하게 정돈돼 있었다.

"산속 암자라서 그런가? 그 어느 때보다도 「무반주 첼로」가 각별하게 들리는군. 카잘스가 연주한 건가?"

"아니, 피에르 푸르니에. 보다 각별하게 들리는 이유가 있다면 앰프와 스피커 때문이 아닐까? 특히 영국제 탄노이 스피커는 저음 재생력이 무척 뛰어나거든. 두 번째는 바로 공간이 되겠지. 고전음악을 듣기에 가장 적합한 공간으로 한옥을 꼽는 사람들이 많아. 알다시피 한옥은 건축 재료가 나무와 흙과 종이로 돼 있어. 때문에 음의 흡수와 반사를 매우 민감하게 조절해주지. 게다가 한옥의 공간 배치 자체가 음악당과 흡사한 구조로 돼 있어."

그 순간 나는 오디오 파일의 세계로 빠져들고 있었다. 해남 읍 내로 나와 우리는 동다원東茶苑이라는 전통찻집으로 갔다. 친구의 누님이 운영하는 곳이었다. 벽에는 김지하 선생이 직접 친 난초 그림이 걸려 있었으며 고전음악이 흘러나오고 있었다.

"영국제 와피데일 스피커야. 높이는 50센티미터쯤 되는데, 된장 독만큼 무거워. 역시 안정적으로 음을 소화하지. 앰프는 매킨토시 를 쓰는데, 스피커와 매칭이 좀 어긋나는 느낌이 들어 조합을 바 꿔볼 생각이야. 턴테이블은 1950년대 독일에서 만든 건데 이것도 맷돌처럼 무거워. 내 취향이긴 하지만 확실히 무거워야 원음 재생 력이 좋은 것 같아. 카잘스 연주로 바흐를 한번 들어볼까?"

나는 이미 정신을 반쯤 놓은 상태였다. 돌연 낯선 세계로 끌려 들어와 경이로움에 사로잡힌 채 사방을 두리번거리는 꼴이었다.

이튿날 친구와 나는 해남을 떠나 광주로 갔다. 마치 계획된 일 인 듯 친구는 도청 건너편에 있는 '베토벤'이라는 음악 감상실 겸 전통찻집으로 나를 데려갔다. 군에서 제대하고 나서 이미 와봤던 곳이었다. 그리고 또 스피커가 어쩌네, 앰프가 어쩌네, 턴테이블이 어쩌네 하며 나를 마구잡이로 흔들어댔다. 그가 염두에 둔 최종 목적지는 '포레'라는 오디오 기기 판매점이었다. 그리고 애초에 그가 의도한 대로 나는 미국제 마란츠 앰프와 영국제 로이드 스피커와 일본제 테크닉스 턴테이블을 충동구매하게 되었다. 비록 중고 기기들이었지만 막심한 부담이 아닐 수 없었다. 그날 친구는 친절하게도 자신의 차로 오디오 세트를 내 집까지 실어다 주고는 밤늦게 광주로 바삐 돌아갔다.

이후 나는 클래식 LP음반을 취급하는 명동 '부루의 뜨락'을 수시로 드나들며 음반을 사 모으기 시작했다. 이 또한 경제적 부담이 이만저만이 아니었다. 소위 명반으로 분류되는 레이블은 10만 원은 보통이고 50만 원을 호가하는 음반도 흔했다. 하지만 명반을 소장하고 있으면 뭐하나. 따로 리스닝룸이 없었던 나는 늘 공간에 대한 아쉬움에 시달려야 했다. 고전음악은 좀 크게 들어야만 감상하는 맛이 난다. 어쩌다 그럴라치면 예외 없이 옆집, 위아랫집 사람들이 초인종을 누르곤 했다. 작정하고 부부 동반으로 방문하는 일도 있었다. 그들이 하는 말은 한결같았다.

"저, 우리도 음악 좋아하는데요. 그래도 공동주거 형태인 아파트에서는 높은 음에 대한 자제가 필요한 게 아닌가요?"

그걸 내가 왜 모르겠는가 말이다.

그리하여 나는 음악 감상실을 거쳐 코스대로 결국 콘서트홀을 찾아다니게 되었다.

음악 감상실에 처음 가본 것은 고등학교 때였다. 대학에 재학 중인 문학 동인회 선배가 어느 날 차이코프스키의 「피아노 협주곡 1번」이 듣고 싶다며 나를 '르네상스'라는 음악 감상실로 데려갔다. 그곳은 대전 중앙로에 위치한 홍명상가 5층에 있었다. 내부 구조는 극장식으로 돼 있었는데, 입구에서 입장료 대신 음료수를 구입하고 적당한 자리를 골라 앉으면 됐다. 물론 뮤직박스가 있어 원하는 음악을 신청해 들을 수도 있었다. 선배는 마르타 아르헤리치의 연주를 신청하고 명상에 빠진 사람처럼 내내 눈을 감고 있었다. 감상실 내부는 어둑어둑했고 다른 손님은 찾아보기 힘들었다. 있다면 교복 차림의 고등학생 커플들이 드문드문 앉아 있었는데, 그들은 음악을 듣는다기보다는 분명 밀회를 즐기고 있는 것처럼 보였다. 당시 록 음악과 비틀스에 빠져 있던 나는 음악 감상실 분위기에 쉽게 동화되지 않았다. 이후 그 선배와 두어 번 더 그곳에 갔는데, 얼마 지나지 않아 곧 문을 닫아버리고 말았다. 고고장이 마치 전염병처럼 전국을 휩쓸기 시작했던 것이다.

서울에 올라와서는 명동 '필하모닉'을 가끔 찾아가곤 했는데, 그나마 그곳도 곧 문을 닫아버리는 바람에 더 이상 갈 수 없게 되었다. 그러다 광주 친구를 통해 오디오 기기를 장만하게 되었고 온갖 시행착오를 겪은 끝에 마침내 콘서트홀을 찾게 된 것이었다.

어쩐 일인지 그때까지 나는 음악당에 가서 실황 공연을 관람할 생각을 못한 채 살고 있었다. 왠지 사치스럽다는 느낌을 가지고 있었던 듯하다. 실제로 관람료가 부담이 되는 경우가 적지 않았다. 세종문화회관이나 예술의전당 콘서트홀에 앉아 있으면 확실히 뭔가 나와 어울리지 않는다는 거북한 느낌을 받을 때가 있었다. 주위를 돌아보면 대개 정장 차림에다 차갑고 값비싼 표정을 한 사람들이 커플이나 가족 단위로 앉아 있었다. 그들은 때로 티셔츠와 청바지 차림의 나를 바라보며 슬쩍 외면하거나 화장실에서조차 거리를 두곤 했다.

그럼에도 미련스러우리만치 콘서트홀을 찾아다닌 것은 말할 것도 없이 음악이 좋아서였고 특정 지휘자나 악단의 연주를 직접 듣고 싶었기 때문이었다. 정경화가 연주하는 베토벤의 「바이올린 협주곡」이나 블라디미르 아슈케나지가 지휘하는 런던 심포니 오케스트라의 연주를 듣고 있으면 삼차원의 영역으로 이동해 꿈을 꾸는 듯한 순수한 몰입의 상태에 빠져들곤 했다. 그것은 내게 황홀한 명상의 경지라 부를 만한 정신적 감응을 불러일으켰다. 주빈 메타, 장영주, 마르타 아르헤리치, 엘렌 그리모, 사이먼 래틀, 빈 필하모닉의 연주를 현장에서 들을 수 있었던 것을 나는 지금도 행운으로 여기며 살고 있다.

음악에 약간의 조예가 있다는 소문이 돌아 나는 공연 기획사에서 발행하는 클래식 잡지에 몇 번인가 글을 쓰게 되었고, 그때마다 원고료 대신 A석 티켓을 받아 세종문화회관이나 예술의전당에 드나들었다. 늘 두 장을 보내왔으므로 친구 혹은 아내와 함께 공연을 관람할 수 있었던 것도 추억에 남을 만한 일이었다.

음악을 특정 계층이 독점적으로 향유해야 한다는 중세적 발상은 자신들이 멋대로 규정한 배타적인 이기심에 불과하다. 누군가 진정으로 음악을 깊이 이해하고 좋아한다면 선의와 관용이라는 인간적 덕목을 갖추게 된다고 나는 믿고 있다. 프라하에 갔을 때 나는 자연사박물관에서 실내악 연주회가 열린다는 포스터를 보고 시간에 맞춰 입장했다. 관람료도 만 원 정도로 무척 쌌던 기억이 난다. 전용 콘서트홀이나 오케스트라 공연이 아닌 이유도 있었지만, 누구나 쉽게 관람할 수 있게 기획한 공연이었다. 연주가 행해지는 중앙홀을 중심으로 동서남북 계단에 앉아 사람들은 연인의 품에 안겨 있거나, 혼자 비스듬히 누워 있거나, 손으로 턱을 괸 편안한 자세로 연주를 감상하고 있었다. 복장 따위는 아무런 문제도 되지 않았다. 때문에 이방인인 나도 그들 사이에 앉아 충분히 편안한 상태에서 연주에 몰입할 수 있었다. 이튿날은 블타바강 옆에 위치한 유서 깊은 드보르작홀에서 체코 오케스트라의 공연을 관람했는데, 여기도 분위기가 크게 다르지 않았다. 무엇보다도 관람료가 저렴했다. 세계적으로 콘서트홀 관람료가 가장 비싼 나라 중의 하나가 한국이라는 것도 유럽을 여행하면서 알게 된 사실이었다.

이처럼 유럽에 가게 되면 나는 한 번쯤은 콘서트홀을 찾곤 한다. 황금빛의 베를린 필하모닉홀에서 클라우디오 아바도의 연주를 감상하게 된 것도 역시 행운이라 하지 않을 수 없었다. 『로미오와 줄리엣』의 배경으로 유명한 이탈리아 베로나의 아레나 원형경기장에서 오페라를 감상할 수 있었던 것도 역시 잊지 못할 추억으로 남아 있다. 그곳은 2천 년 전인 로마시대에 맹수 사냥과 격투기 경기가 벌어지던 장소였다. 밀라노의 라 스칼라좌, 파리의 국립오페라극장(이곳 천장은 온통 샤갈의 그림으로 장식돼 있다)도 내게는 각별한 공간이다. 그때 나는 비록 외로운 여행자에 불과했지만, 그 모든 여로의 향수를 잊고 밤의 우주 한복판에서 꿈을 꾸는 듯한 체험을 그때마다 되풀이할 수 있었다.

몇 년 전부터 고전음악을 감상할 수 있는 기회가 현저하게 줄어들었다. 핑계에 불과할지 모르겠으나 콘서트홀을 찾을 만한 시간적, 정신적 여유가 없다. 예술의전당에 가본 것도 그새 몇 년은 된 것 같다. 나이가 들면서 열정이 사라져서 그런 게 아닐까? 하고 가끔 자문해볼 때가 있다. 그럭저럭 쓸 만한 오디오 기기를 가지고 있지만 여전히 리스닝룸이 없는 나는 집에서조차 음악을 제대로 들을 수 없다. 한때 악보를 구해 지휘봉으로 연주를 하며 열정적으로 음악을 감상하곤 했던 나는 이제 내 집 거실에서조차 마음대로 음악을 감상할 수 없게 된 것이다. 음악 취향은 순수하게 개인적인 데다 또 기분에 따라 그때그때 듣고 싶은 곡이 달라지게 마련이다. 게다가 교향곡 전곡을 들을라치면 대개 한 시간 정도가 소요된다. 여전히 공동주거 형태인 아파트에서 가족과 더불어 살고 있는 나는 비좁은 거실에서 그러한 자위적 행위를 연출할 수가 없는 것이다.

일산에 거주할 때 나는 '돌체'라는 고전음악 감상실을 가끔 찾아가곤 했다. 그런데 이 집은 비교적 좋은 시설을 갖추고 있으면서 음악을 운영하는 데는 자주 미숙함을 드러내곤 했다. 굳이 비난하고 싶은 마음은 없지만 이 집에서는 교향곡 전곡을 들은 기억이 없다. 1악장이나 2악장이 끝나면 다른 음악으로 바꿔버리는 것이다. 이를테면 봄, 여름은 있되 가을, 겨울이 존재하지 않는 것이다. 무슨 사정이 있겠지. 실제로 다른 사람이 신청한 교향곡 전곡을 듣는 것은 견디기 힘든 일이기도 하다. 그래서 신청곡을 모두 소화하려면 일부만 들려줄 수밖에 없는지도 모른다.

수년째 나의 음악적 향유는 한여름과 한겨울, 즉 글을 쓰는 공간으로 혼자 이동해 있을 때에나 가능하다. 말하자면 창작 공간에서 헤드폰을 쓰고 유튜브 동영상을 통해 과거에 즐겨 들었던 음악과 연주를 감상하는 정도다. 그래도 나름대로 꽤 좋다고 생각한다. 음질에만 익숙해지면 얼마든지 음악 자체에 몰입이 가능하다. 그러다 황홀경 상태에 빠지게 되면 무심결에 볼펜이나 연필을 집어 들고 역시 지휘를 해보기도 하는 것이다.

여관들

—별빛 속의 수많은 나그네들이 길을 가다가

사람은 저마다 그만의 약점이나 불안을 내포하고 있게 마련이다. 그것이 곧 그 사람을 특징짓는 요소이며 당사자에게는 억압으로 작용하기도 한다. 가령 외모는 그 고유함 자체의 성스러움을 떠나 원인적으로 극복이 불가능한 요소이다. 요즘은 성형수술이 일반화돼 인위적으로 변형을 가하기도 하지만 그렇다고 사람 자체가 달라지는 것은 아니다. 내 경우 자코메티의 조각상 같은 체형이어서 '너무 말랐다'라는 평가를 어려서부터 귀에 닳도록 들어왔다. '너무'라는 이 단순한 부사로 인해 나는 종종 상처를 입었으며 그때마다 터무니없이 자신감을 상실하곤 했다. 뒤늦게나마 이를 극복하기 위해 9년 전부터 나는 부지런히 헬스클럽에 다니고 있다. 물론 건강관리를 위해서지만 살이 좀 찌고 싶은 게 사실이다. 메마른 몸매의 중년 남성이 대체로 어떤 인상을 주는지 나 역시 알고 있기 때문이다. 아무래도 성격이 까칠해 보이고 인색한 느낌마저 주는 것이다. 그런데도 그다지 살이 찌지는 않는다. 굳이 성형을 하자는 것도 아닌데 말이다.

'당신은 자신이 염려하는 것처럼 그토록 마른 남자가 아닙니다. 운동을 오래 해서 전체적으로 몸의 균형이 잘 잡혀 있고 걸음걸이도 초식동물처럼 매우 경쾌합니다. 키가 큰 탓이겠지요. 게다가 머리가 벗어진 것도 아니고 배가 나온 것도 아닙니다. 더군다나 요즘은 마른 체형이 대세가 아니겠습니까? 다만 담배는 좀 끊어주셨으면 합니다'라고 말해주는 건 역시 내자뿐이다. 그래서 이제는 약간의 여유가 생겨 '나는 몸매를 관리하기 위하여 거의 매일 웨이트를 포함한 유산소 운동을 합니다'라고 남들에게 말하곤 한다. 다분히 방어적으로 건네는 이 말은 내가 숨이 다할 때까지 체형이 변하지 않으리라는 것을 이미 알고 있다는 뜻이기도 하다. 사람에겐 저마다 타고난 한계가 있게 마련이고 어쩔 수 없이 그걸 운명적으로 떠안고 살아갈 수밖에 없는 듯하다.

성장 과정에서 비롯된 후천적인 딜레마나 정신적 외상도 극복하기 어렵기는 마찬가지다. 심리학자들에 따르면 한 사람의 성격은 유년기에 거의 결정된다고 한다. 이는 동물과 마찬가지로 사람도 환경의 절대적인 영향을 받는다는 뜻이 되겠다. 왜 아니 그렇겠는가. 내 경우 잦은 이사의 경험으로 인해 불안한 성격이 형성됐을뿐더러 결과적으로 노마드적 인간이 되고 말았다. 초등학교 때 나는 여섯 번의 이사와 전학을 했는데, 그것은 물론 내 선택과는 무관한 일이었다. 이는 전쟁을 체험해보지 못한 내 세대에서는 그리 흔한 경험이 아니었다. 초등학교 때 나는 첫 가출을 시도했으며 고등학생이 되고부터는 상습적으로 집을 나갔다 돌아오기를 반복했다. 고백하자면 내 글쓰기라는 것도 그 와중에서 문득 비롯되지 않았나 싶다. 비록 가난하긴 했지만 그렇다고 남달리 불행했다거나 부모에게 특별히 문제가 있었던 것도 아니었다. 그런데 나는 도무지 집을 견뎌내지 못했다. 집에 있으면 뭔가 늘 불안했다. 마치 수인囚人이 된 듯한 기분으로 하루하루를 버티다 더 이상 견디지 못하게 되면 결국 집을 뛰쳐나갔다. 부모에게는 다소 죄스러운 말이 되겠으나, 그들이 내게 그러한 원인을 제공한 것도 부인할 수 없는 사실이다. 살기가 어려웠던 탓이겠지. 부친은 자식들에게 변변한 관심을 보이지 않았다. 그러다 조그만 실수라도 하게 되면 냉정하게 지적하고 그 자리에서 한사코 바로잡으려 했다. 그는 늘 어둡고 지친 표정을 짓고 있었으며 돌처럼 말이 없었다. 그런 부친의 모습을 대할 때마다 나는 정체를 알 수 없는 죄책감과 연민과 분노를 동시에 느꼈다. 사춘기에 접어들면서 나는 반항하기 시작했고 부친은 보다 엄격하게 나를 대했다. 그리고 내가 고등학생이 될 무렵, 부모가 자식에 대해 품게 되는 이런저런 사소한 기대조차 일찌감치 포기해버렸다. 이쪽에서 받아들이기에는 버림받은 것이나 다름없었다. 그렇게 부친은 내 성격을 형성하는 데 결정적인 역할을 담당한 장본이었다. 그렇다고 이 나이에 새삼스럽게 그를 원망한다는 뜻은 아니다. 오히려 그를 이해하게 됐다고 말하는 편이 옳겠다. 그 모든 삶의 정황들이 결국은 내 운명에 속한 것이 아니겠는가.

그나마 '합법적 가출'의 기회가 종종 주어졌기에 나는 고등학교를 졸업할 때까지 그럭저럭 부모와 함께 생활할 수 있었다. 합법적 가출이란 다름 아닌 전국 단위로 열리는 백일장 참가 행위였다. 당시는 고교 문단의 르네상스였다. 『학원』을 비롯한 여러 학생 잡지에서 매년 현상문예 공모를 했고 대학에서는 봄가을로 백일장을 개최했다. 중학교 때부터 다소 문기文氣가 있었던 나는 학교에서 주는 여비를 들고 여기저기 백일장에 참가했다. 그러다 보니 낯익은 얼굴들이 생기게 마련이었고 백일장이 끝나면 함께 여관에서 밤을 보내기도 했다. 모두가 교복 차림이었으므로 그때마다 여관 주인들은 난처해했다. 우리는 비행 청소년이 아님을 증거하기 위해 백일장에서 받은 상장과 트로피를 꺼내 보이며 통금 시간이 되면 파출소로 갈 수밖에 없노라고 짐짓 읍소하는 표정을 짓곤 했다.

"그래, 장차 문사가 될 재목들이니 마땅히 재워주어야겠지."

체크인이 완료되면 이 까까머리 고등학생들은 밤이 늦도록 도깨비들처럼 술을 마시며 소란법석을 떨었다. 그래도 주인은 우리를 쫓아내지 않았다. 이윽고 새벽에 불을 끄고 잠자리에 들면 '찹쌀떡 사려, 메밀묵 사려!' 하는 소리가 창밖에서 들려오곤 했다. 그러면 나는 고향에 돌아온 듯 이루 말할 수 없는 안도감과 평화를 느끼며 깊디깊은 잠에 빠져들곤 했다.

대학에 들어가서도 나는 글을 쓰기 위해 자취방에 은거할 때를 제외하고는 주로 여행을 다녔다. 늘 혼자였으므로 여관에도 혼자 들어야만 했다. 그러나 짐작과는 달리 크게 외로움을 느낀 적은 없었다. 단지 고독감이 덮쳐올 때가 있었는데, 그조차도 나는 감미롭게 받아들였다. 방은 대개 비좁고 허름하기 짝이 없었다. 벽지는 군데군데 찢어져 있고 벽 한가운데에는 예외 없이 주류회사에서 발행한 달력이 걸려 있었다. 스테인리스 쟁반에는 노란 양은 주전자와 사기컵이 놓여 있었으며 속에 비닐을 넣었는지 요에서 버스럭거리는 소리가 나기도 했다. 싸구려 커튼이 걸려 있는 창문 틈으로 가끔 달이 지나가고 때로는 비바람과 눈보라가 몰려가는 소리가 들려왔다. 어쩌다 발자국 소리가 들려오면 나는 누군가가까이 다가왔다가 서서히 멀어져 가는 소리에 귀를 기울이곤 했다. 그처럼 낯선 곳, 낯선 방에서 혼자 누워 있노라면 마치 깊은 동굴 속이거나 혹은 푸른 우주 한복판에 떠 있는 기분에 사로잡히는 것이었다. 나는 그 고독감을 사랑했으며, 그러한 시간대에 나라는 존재를 언뜻언뜻 자각하면서 청년으로 성장하지 않았나 싶다.

　대학을 졸업한 뒤에도 나는 집필여행 삼아 수시로 여행을 떠났다. 등단 초기에는 주로 해남을 비롯한 전남지방으로 몸과 거처를 옮겨 다녔다. 그리하여 대부분의 소설들이 길에서 쓰여지고 허름한 여관방에서 완성되었다. 30대 중반부터는 하동을 비롯한 경남지역으로 자주 내려갔다. 40대에는 제주도에 곧잘 머물렀으며 그곳에서 2년 동안 체류하며 글을 쓰기도 했다. 그럴 때마다 내게 방을 내주고 밥을 지어주고 아침마다 안부를 물어준 사람들이 새삼 고맙고 또한 그립다. 지리산 아래 산장에 머물 당시에는 주인 할머니가 달이 밝은 날이면 마루로 동동주 항아리를 들고 와 나를 청하곤 했는데, 그런 날이면 우리는 잠깐씩 말을 잃고 우두커니 밤하늘을 올려다보곤 했다. 그때 목격했던 달과 무수한 별들의 그림자가 아직도 내 가슴에 아름답고 슬픈 정경으로 남아 있다.

나는 동남아시아 지역을 좋아해서 인도네시아의 발리섬에서 한 달을 머문 적이 있었다. 주로 시골의 트로피컬 샬레(열대 오두막)에 머물며 밤에는 글을 쓰거나 술을 마시고 낮에는 여기저기 정해진 곳 없이 돌아다니곤 했다. 대나무로 지어진 샬레 안에는 심심찮게 도마뱀이 돌아다니고 밖에서는 풀장에서 어울려 노는 사람들의 소리가 꿈결처럼 들려왔다.

그 먼 이국의 오두막에 누워 있던 어느 날, 나는 마른하늘에서 들려오는 천둥소리를 들은 듯, 돌연 외로움이라는 것을 뼈저리게 느끼고 있었다. 30대 후반의 일이었다. 외로움이 찾아오면 그만 걷잡을 수 없는 상태가 되어 술만 마시면 한국으로 전화를 걸어대는 볼썽사나운 모습을 연출하곤 했다. 안 되겠다 싶어 나는 젊은 사람들이 많이 모이는 쿠타해변 근처의 작은 호텔로 거처를 옮겼다. '발리 서머 호텔'이라는 간판을 달긴 했으나 시설은 여관에 가까웠다. 창밖에는 야자수 그림자가 밤낮없이 흔들리고 담장에는 무수한 장미들이 뒤덮여 있었다. 그리고 아침이 되면 맨발에 샌들을 신은 여인이 양동이를 들고 정원의 시든 꽃들을 따는 것이었다. 그곳에서도 나는 낮에는 해변에 나가 있다가 밤이 되면 돌아와 술을 마시고 한국으로 전화를 걸었다. 그제야 나는 깨달았다.

이제 유목의 삶이 서서히 끝나가고 있다는 것을. 마침내 지쳐가고 있다는 것을.

한국으로 돌아왔을 때는 한겨울이었다. 얼굴에 화상을 입은 상태여서 나는 옷으로 얼굴을 둘둘 말고 병원으로 갔다. 당시 내게는 아무도 없었고 때문에 찾아오는 사람도 없었다. 서울로 돌아오자 막상 전화를 걸 만한 사람이 없었던 것이다. 얼마쯤 화상 치료가 끝나자 나는 다시 짐을 싸서 유럽으로 향했다. 그리고 런던과 암스테르담과 벨기에를 거쳐 독일로 옮겨 갔다. 이미 지친 상태에서 나는 지도를 보고 하이델베르크 교외에 있는 시골 마을을 찾아갔다. 며칠간 몸을 쉬어야 할 것 같았다.

식당을 겸한 2층짜리 목조 펜션에 방을 잡고 나는 열흘을 그곳에 머물렀다. 주인인 중년 사내는 나처럼 키가 크고 마른 체형에 무뚝뚝한 사람이었다. 그러나 대체로 친절해서 아침저녁으로 식당에 내려가면 직접 음식과 맥주를 내다 주었다. 그뿐이었다. 하지만 나는 거기서 분명 휴식을 취하는 느낌을 받고 있었다. 왜 그럴까 생각해보니 주인이 사려 깊기도 했지만, 식당이며 방이며 복도 여기저기에 음악가의 사진과 그림과 시詩 들이 걸려 있었다. 그 중에 영문으로 번역된 독일 시인의 시가 식당 한구석에 걸려 있었는데, 무심코 그 시를 읽다가 나는 그만 눈시울이 붉어지고 말았다. 이어 폭발할 듯 가슴이 화산처럼 끓어오르기 시작했다. 그런 내 모습을 저쪽에서 지켜보며 주인 사내는 무슨 뜻인지 조용히 웃고 있었다.

아래에 한국어로 번역된 그 시를 인용하며 이 글을 맺고 싶다. 나중에 알았으되 이는 매우 널리 알려진 시였다. 말하자면 내가 너무 늦게 읽었을 따름이었다.

등불을 끄고 자거라! 깨어 있는 것은
오직 옛 샘에서 들려오는 물줄기 소리뿐
내 지붕 아래 손님이 된 사람은
누구든지 이 소리에 익숙해진다

그대가 깊은 꿈에 잠겨 있을 무렵 어쩌면
집 근처에서 이상한 소리가 들려올 것이다
거친 발자국 소리와 샘가에서 자갈 소리가 나고
감미로운 물소리는 뚝 그치나니

그러면 그대는 눈을 뜨게 된다, ─하지만 놀라지 마라!
별들이 모두 땅 위에 떨어지고

나그네 한 사람이 대리석 샘가로 와서
손을 그릇 삼아 물을 받는 것이다

그 사람은 곧 떠나고, 물줄기 소리가 다시 들리리니
아 기뻐하여라, 그대는 여기 혼자 있는 게 아니고
별빛 속에 수많은 나그네들이 길을 가며
또 그대에게로 다가오는 사람이 있다

—한스 카로사, 「옛 샘」

부엌
―익숙한 슬픔과 낯선 희망이 한데 지져지고 볶아지는

약간의 여유가 생기고 때마침 누군가 요청이라도 하게 되면 나는 기꺼이 음식을 만들어 내놓을 용의가 있다. 레시피를 많이 보유하고 있는 것은 아니지만, 한식 정도는 언제든 무리 없이 소화할 수 있으며 파스타를 포함한 면麵 요리도 제법 하는 편이다. 특히 생선 관련 음식은 회든 구이든 탕이든 조림이든 만드는 과정 자체를 매우 즐겁게 받아들인다. 주말에 가끔 수산시장에 들러 물 좋은 생선을 고르고 집에 돌아와 주방을 독점하고 있으면 한껏 릴렉스해질뿐더러 행위 주체만이 누릴 수 있는 야릇한 만족감까지 누릴 수 있다. 더불어 내가 만든 음식을 누군가 맛있게 먹어준다면 그 이상 바랄 나위가 없으리라. 나는 또 설거지까지를 조리의 과정에 포함시키기 때문에 행여 주위에 부담을 주지도 않는다(나는 나의 주방기구를, 특히 회칼을 다른 이가 손대는 것을 꺼려 한다).

문인, 예술가들은 대개 입맛이 까다롭고 미식가인 경우가 많다. 감수성이 예민한 탓이겠지. 또한 요리를 잘하는 사람들도 많다. 상상력이 풍부하고 무언가 만드는 일을 즐기기 때문이겠지. 나 역시 이 일반론에 가까운 범주에 속하는 걸까? 라고 공연히 자문해 볼 때가 있는데, 내 경우는 사정이 조금 다른 것 같다. 감수성이나 상상력과는 별개로 어쩔 수 없는 부엌과의 친연성親緣性에 근거한다고 보는 편이 맞겠다. 내게 부엌은 여유롭고 풍요롭기보다는 대체로 어둡고 슬픈 공간으로 각인돼 있다. 이는 음식을 만들면서 릴렉스해지거나 자족감을 느끼게 된 지가 오래되지 않았다는 뜻이기도 하다. 그것도 이제는 부엌이 아닌 주방에서다.

부엌에 대한 최초의 기억은 다섯 살 무렵으로 거슬러 올라간다. 당시 나는 조부모와 셋이 함께 살고 있었다. 취학 전이었으므로 나는 또래의 친구가 없었고 조부모는 충청도 사람답게 늘 무표정한 데다 하루에 고작 두어 마디나 할까 말까 한 노인들이었다. 조부가 학교로 출근하고 나면 눈이 어두운 조모는 종일 방 안에서 지내다 가끔 옆집으로 마실을 다녀오는 정도였다. 무덤처럼 적막한 그 집에서 그래도 뭔가 달그락거리는 소리가 나고 조용한 활기가 진동하는 시간이 바로 끼니때였다. 나는 그 잠깐의 활기에 이끌려 부엌 앞을 그림자처럼 서성거리곤 했다. 그러다 조모와 눈이 마주치기라도 하면 예외 없이 '사내 녀석이 왜 부엌간을 기웃거리느냐'는 핀잔을 듣곤 했다. 조왕신이 관장하는 부엌을 사내아이가 드나드는 것은 일종의 금기였다. 나도 그걸 모르는 바 아니었으나, 아궁이에서 불길이 타오르고 가마솥에서 맹렬하게 김이 새나오는 광경을 훔쳐보고 있으면 그 어둑한 열기가 가득 찬 공간에 들어가보고 싶었다.

할머니가 부엌 출입을 허락한 건 내가 한동안 앓고 난 뒤였다. 몸이 추워 아궁이 불을 쬐고 싶다고 하자 할머니는 마지못해 나를 부엌 안으로 들인 뒤 조부가 보지 못하도록 부엌문을 닫아걸었다. 부모 없이 자라느라 외로움을 타는 모양이라고 할머니는 혼잣말로 중얼거렸다. 아닌 게 아니라 아궁이에서 타오르는 불을 바라보고 있노라면 얼굴이 불콰해지면서 마음도 절로 누그러지곤 했다. 그러다 뜬 눈으로 오묘한 광경의 꿈을 꾸기도 하는 것이었다. 훗날 가스통 바슐라르의 『불의 정신분석』을 읽으면서 나는 어쩔 수 없이 이때의 장면을 자주 떠올릴 수밖에 없었다. 또한 다니자키 준이치로가 음예陰翳라고 명명했던 '그윽한 어둠' 속에서 나무가 타는 냄새, 밥이 익어가는 냄새를 맡고 있으면 더없이 마음이 푸

근해지면서 명징하고도 순수한 존재감을 느끼곤 했다. 그 주된 정서가 비록 슬픔이었다 할지라도 불을 응시하고 있을 때, 나는 한 마리 산짐승으로 변해 저녁 숲을 뛰어다니거나 새벽 옹달샘에서 물을 마시는 따위의 신비로운 꿈에 사로잡혀 있었다. 그러다 이윽고 밤이 되자 마을로 숨어 내려와 누군가의 집에 상기 밥을 얻어먹으러 와 있는 것이었다. 내게 만약 '몽상의 시학'이 존재한다면 이때 어렴풋이 비롯된 게 아닐까 싶다. 그로부터 나는 불을 간수하는 아궁이 담당이 되었고 화로에 뜨거운 숯을 넣어 방으로 옮기는 역할도 했다. 숯불 속에서 익어가는 감자, 고구마 냄새 혹시 기억하시는지. 또한 화로에 올려놓은 뚝배기에서 끓고 있는 된장찌개 냄새 알고 계시는지.

어머니의 부엌은 어두울뿐더러 옹색하고 비좁기까지 했다. 우리네의 부엌은 단지 음식을 만드는 공간이 아니라 먹거리를 저장하고 방을 덥게 하는 기능까지 갖추고 있다. 하지만 그러기에는 여섯 식구가 사는 사글세 단칸방의 부엌은 무엇 하나 제대로 갖춰진 게 없었다. 내가 아홉 살 때부터의 기억이다. 어머니는 감정이 상하는 일이 있으면 부엌에 들어가 언제까지나 문을 닫고 있었다. 사실 부엌 말고는 어머니가 마땅히 숨을 데도 갈 만한 곳도 없었다. 일찍이 부엌 출입에 익숙했던 나는 조심스럽게 문을 열고 들어가 어머니 옆에 말없이 앉아 있곤 했다. 부엌 바닥에서는 흙냄새가 올라왔고 늘 어디선가 찬바람이 드나들었으며 부뚜막은 이미 식어 있었다. 어머니는 어린 아들이 옆에 있어주는 것이 그나마 위안이 되었던지 나를 밖으로 내보내지 않았다. 누나와 여동생이 있는데도 불구하고 나는 곧잘 어머니를 도와 그릇을 닦고 상을 차리고 연탄을 갈았다.

어느 날부터 어머니는 시장을 갈 때도 나를 데리고 다녔다. 장을 보는 동안 어머니는 내내 뿌듯한 표정을 짓고 있었다. 어린 나이의 나는 시장 보기(되도록 싼 것을 구입하고 으레 값을 깎고 혹은 사고 싶은 것을 포기하고)를 경험하면서 먹고사는 일의 지난함을 일찌감치 깨달아갔다. 더불어 부엌이 집의 중심이며 곧 삶의 배꼽에 해당하는 공간이라는 것을 알게 되었다. 때문에 없이 사는 이들에게 부엌은 온갖 슬픔과 분노와 고통이 한데 버무려지고 데쳐지고 빻아지고 지져지고 볶아지는 공간에 다름 아니었다. 그리고 그것이 밥이거나 국이거나 반찬으로 현현되는 순간 다시금 삶에 대한 낯선 기대나 희망을 품게 되는 것이었다.

세월이 흘러 나는 대학에 들어가게 됐고 별 선택의 여지없이 자취를 하게 됐다. 연탄과 석유곤로가 나를 먹여 살리던 시절이었다. 그러나 자취 생활을 하는 동안 나는 밥을 자주 해 먹지는 않았다. 연탄은 한겨울에도 꺼져 있기 일쑤였고 부뚜막에 놓여 있는 곤로는 오랫동안 사용하지 않아 불이 잘 붙지 않았으며 쌀에는 벌레가 들끓었고 어머니가 보내준 김치에는 곰팡이가 피어 있었다. 그렇다고 밖에서 꼬박꼬박 끼니를 챙겨 먹은 것도 아니었다. 그야말로 굶기를 밥 먹듯 하면서 흔히 술과 빈약한 안주로 허기를 달랬다. 그러니 늘 몰골이 창백한 데다 제대로 기운조차 쓰지 못했다. 몸이 아플 때면 뜨거운 보리차 한 잔이 간절했지만 주전자에 물을 끓일 기력조차 없어 한겨울에도 그대로 차디찬 방바닥에 누워 지내곤 했다.

그러던 어느 날 느닷없이 어머니가 찾아와 내 사는 모습을 보고는 사정없이 등짝을 후려치면서 급기야 통곡을 하는 것이었다.

'내가 이런 꼴을 보고자 너를 낳아 끼니마다 뜨거운 밥을 해 먹이며 키운 줄 아느냐.'

어머니는 나를 끌어내 시장으로 가더니 우선 국밥을 사 먹인 다음 장을 보기 시작했다. 나는 시장바구니를 들고 뒷전에서 어머니의 모습을 지켜보면서 아득한 옛날을 떠올리고 있었다. 어머니는 며칠을 내 자취방에 머물며 나와 부엌을 부활시킨 다음에야 집으로 돌아갔다. 그날 이후 나는 어머니에게 배운 대로 된장찌개를 끓이고 김치를 담그고 연탄불에 밥을 지으면서 부엌일에 몰두하기 시작했다. 나는 사람이 단순해서 막상 무슨 일을 시작하게 되면 기계처럼 그대로 패턴을 유지하는 성격이다. 어느덧 나는 나만의 부엌을 사랑하게 되었고(아마도 부엌만큼 사랑할 사람을 찾지 못했던 탓이겠지) 군대에 입대할 무렵에는 그럭저럭 혼자 살아도 될 만큼의 조리 솜씨를 터득하게 되었다.

나는 글쓰기를 포함하여 삶에 지쳐간다 싶으면 가끔 요리책을 뒤적거리는 습관이 있다. 장醬에 관한 전문서적에서부터 한식 요리법에 관한 책들을 통독했으며 파스타, 생선 요리에 관한 책들도 꽤 찾아 읽은 편이다. 또 전국의 토속 음식이니 맛집이니 하는 곳들을 찾아다니며 나름의 레시피를 기록해두기도 했다. 딱히 미식 취미가 있어서가 아니라, 여기저기로 글을 쓰러 옮겨 다니다 보니 저절로 그렇게 된 것이었다. 생선 요리를 즐기게 된 것도 제주도에서 2년간 살았기 때문이었다. 현지 어부들과 낚시인(그중에는 일식집, 중국집 주방장도 있었다)들을 통해 나는 생선 손질하는 법을 배웠고 요리책에 나오지 않는 독특한 레시피들도 알게 되었다. 그리고 직접 바다에서 물고기를 잡아 와 회를 뜨고 초밥을 만들고 탕을 끓이고 조림을 만들어 식구食口를 먹여 살렸다. 살기가 어려운 시절이었으므로 이렇게라도 하지 않으면 처자식을 감동시킬 별다른 방법이 없었다. 작가 노릇을 제대로 할 수 없다면 주방장 역할이라도 해야 하는 것이다.

지금도 나는 창작 공간을 물색할 때면 부엌 혹은 주방의 유무부터 문의한다. 그리고 시설이 갖춰져 있으면 가능한 한 음식을 직접 해 먹는다. 끼니마다 혼자 식당에 출입하는 게 정서적으로 좋지도 않으려니와, 글을 쓰다 보면 역시 릴렉스해질 필요가 있기 때문이다. 30대 중반의 일이 되겠다. 제주도 고산에서 혼자 밥을 해 먹으며 소설을 쓰고 있는데, 어느 날 안면이 있는 모 평론가가 나를 찾아왔다. 손님이 방문한 셈이었으므로 나는 당연한 마음으로 손수 밥상을 차려 내왔다. 그는 뭔가 당황한 것 같았다. 그리고 밥을 먹던 그가 문득 수저질을 멈추고 망연한 눈빛으로 나를 바라보았다. 왜? 라고 물으려다 나는 돌연 짐작 가는 바가 있어 잠자코 있었다. 대신 이렇게 내뱉고는 외면하듯 눈길을 피해버렸다.

"왜, 정갈한 한복 차림의 여인이 만든 음식이 아니라서 맛이 없수?"

이윽고 헤어질 때가 되어 그가 말했다.

"장차 소설가들 작품에 대해 언급할 때 좀 더 깊이 연구하고 써야겠구먼. 거 노고가 보통이 아니더란 말이오."

"글 쓰는 일도 먹고사는 일과 매한가지 아니겠소? 나는 그게 서로 다를 수 없다고 생각하오만. 부디 살펴 올라가시고 서울에 도착하는 즉시 여기 일은 그만 잊어주셨으면 합니다. 소문이 나면 필경 누추한 인상을 주게 될 테니까요. 대저 사는 게 다 누추한 일이겠으나, 그렇다고 소문까지 나고 싶지는 않다 그런 말이외다."

　내 기억은 다시 유년 시절로 돌아간다. 이제 와 깨달았으되, 그때의 부엌은 부재했던 내 어머니의 자궁을 대신한 공간이었다. 나는 그 어둑하고 따뜻한 공간에서 고요히 불을 지켜보면서 꿈을 꾸고 먹이를 받아먹으며 몸을 불려가던 커다란 태아였다. 이후 그 아이는 아홉 살로 다시 태어나 제 어미의 부엌에서 어미의 슬픔을 먹고 성장하게 된다. 그리고 50을 넘긴 지금에도 여태 부엌을 떠나지 못하고 늙은 어미가 그립거나 삶에 지쳐갈 때면 슬그머니 칼을 집어 들고 무언가를 썰거나, 끓이거나 지지고 볶으며 여전히 삶에 대한 낯선 희망과 덧없는 기대를 품곤 한다. 이렇듯 사는 일과 밥을 짓는 일과 글을 쓰는 일은 서로 완전히 일치한다. 실제로 나는 비좁은 주방 옆에 놓인 식탁에서 글을 쓸 때가 가장 마음이 평온하고 어쩐지 행복해지기도 한다. 대장장이에게는 아무래도 대장간이 마음 편한 공간이듯이 말이다.

목욕탕
—벌거벗은 몸뚱이로 참회하고 또한 참구하고저

하나의 사소한 고백이 되겠는데 나는 매일 목욕탕에 간다. 자칫 쓰잘 데 없는 얘기가 되겠지만 아무튼 사실이다. 어쩔 수 없이 거르는 날이 없지는 않다. 술을 마시고 밤늦게 귀가하는 경우다. 하지만 그런 날은 1년에 고작 서너 번밖에 되지 않으려니와, 나이가 들수록 그 같은 일은 되도록 피하게 된다. 한 가지 더 고백을 하자면 나는 평소에 딱히 만날 만한 친구가 없으며 좀처럼 연락을 해오는 사람도 없다. 내자는 그런 나를 은근히 부끄럽게 여기고 또한 실망스럽게 바라본다. 사실 내가 생각해도 무안하기 짝이 없다. 진심을 터놓고 얘기를 나눌 만한 사람 하나 없이 차차 늙음의 나이를 먹어가고 있는 것이다.

불과 몇 년 전까지는 나 자신을 꽤나 인복이 있는 사람(인덕은 없어도)으로 착각하며 살아왔다. 그런데 어느 날 꿈에서 깨어나 주위를 살펴보니 오매! 달나라인 듯, 사람은 고사하고 그럴듯한 인적조차 감지되지 않았다. 눈에 비치는 것은 온통 곰보 자국 같은 크레이터, 즉 분화구들뿐이었다. 그럼에도 나는 당황하기는커녕, 근데 여기에도 목욕탕이 있기는 한 건가? 라는 생각부터 하고 있었다. 어쩌다 나는 이렇게 된 것일까?

내자의 바람은 이런 것이다. 남편이란 자가 한 달에 두어 번쯤은 사람들과 어울려 외유를 하고('알리바이가 다소 모호해도 상관없습니다') 대개 자정이 넘어 귀가한 다음 양치도 하지 않은 채 그대로 쓰러져 잠이 들어, 정오 무렵에나 부스스한 모습으로 눈을 뜨는 것이다. 요컨대 그런 사랑스러운 남자의 모습을 보여 달라는 얘기다. 가끔은 상대의 사소한 일탈이 가져다주는 적당한 긴장감과 더불어 뜻밖에 찾아온 시공간의 텅 빈 여유를 누리고 싶은 것이리라. 그리고 그것은 어느덧 하나의 로망이 되고 말았다. 나는 어쩐지 미안한 마음이 들어 매일(밤 열 시 무렵) 헬스클럽에 가서 한 시간쯤 운동을 한 뒤 목욕탕으로 옮겨 갔다가 자정께 귀가해 곧바로 잠자리에 들곤 한다. 그리고 주말이면 혼자 등산을 하고 한여름과 한겨울엔 두 달씩 주기적으로 집을 비워준다. 그래서 그나마 숨통이 트인다고 내자는 솔직하게 말한다. 그렇다고 행여 내가 서운해하는 것은 아니다. 다만 면목이 없고 그저 민망할 따름이다. 주위에 사람이 없다는 것은 바로 이런 것이다. 어쩌다 이렇게 된 것인지, 사실 나는 알고 있지만(모를 리 있겠는가!) 이는 나중에 밝히기로 하고 이쯤에서 목욕탕 얘기로 돌아가는 게 좋겠다.

앞서 밝힌 대로 아홉 살이 되어 나는 부모와 함께 살게 되었다. 어느 날 학교에서 돌아오니 아버지가 양복 차림에 중절모를 쓰고 대청마루에 앉아 있었다. 나는 직감적으로 그가 나를 데리러 왔다는 것을 알았다. 순간 반가움보다는 생경한 두려움이 먼저 등짝을 감싸 안았다. 아버지의 무표정한 얼굴 때문이었을까. 마당 한가운데 서서 내가 구부정하게 인사를 하자, 그는 나더러 방으로 들어가 짐을 챙기라고 했다. 아버지는 조부가 내 전학 통지서를 들고 학교에서 퇴근해 오기를 기다리고 있었다. 방에서 주섬주섬 헌 옷가지와 책을 챙기는 동안 밖에서 할머니의 목소리가 들려와 슬그머니 문을 열어보니 육간(肉間)에 다녀오는 길이라고 했다. 나를 떠나보내기 전에 소고기국을 끓여 먹일 요량이었던 것이다.

이른 저녁을 먹고 나는 아버지의 뒤를 따라 대문을 나섰다. 버스 정류장까지 한 시간 정도를 걸어가는 동안 아버지는 단 한 마디의 말도 입 밖에 꺼내지 않았다. 이윽고 하얗게 먼지를 일으키며 버스가 다가왔고 나는 그제야 다급히 뒷전을 돌아보았다. 그리고 지금까지 내가 살아왔던 세계와 영원히 작별하고 있음을 순간적으로 깨달았다. 끌려가듯 버스에 올라타자 곧 어둠이 내리기 시작했고 아버지는 지친 듯 눈을 감았다.

낯선 읍내에 도착해 아버지가 먼저 나를 데려간 곳은 다름 아닌 목욕탕이었다. 나중에 알게 되지만 집은 읍내에서 다시 버스를 타고 30분 이상을 가야만 했다. 나로서는 물론 난생처음 들어가보는 목욕탕이었다. 표를 끊고 탈의실로 들어서자, 후끈한 열기와 함께 비릿한 냄새가 온몸을 옥죄듯 달겨들었다. 타고나기를 비위가 약한 나는 울컥, 하고 헛구역질부터 했다. 그런 나를 아버지가 묵묵히 바라보더니, 옷을 벗으라고 했다. 그 조용한 말이 내게는 즉각 억압적으로 들려왔고 동시에 거부할 수 없는 수치심을 불러일으켰다. 하지만 나는 벗을 수밖에 없었다. 그리고 아버지가 하는 대로 로커 열쇠를 팔찌처럼 손목에 찼다. 그러자 내가 일련 번호표가 붙어 있는 마소와 다를 바 없는 존재가 돼버린 느낌이 들었다. 나는 몸서리를 치고 있었다.

욕탕은 더욱 장관이었다. 수증기로 뿌옇게 뒤덮인 욕탕 안은 방향을 짐작키도 어려울뿐더러 마치 도축장에 들어온 듯한 살벌한 기운으로 가득 차 있었다. 이윽고 시야가 확보되면서 나는 그예 기겁을 하고 말았다. 모두가 하나같이 노예나 죄수처럼 벌거벗고 있지를 않은가 말이다. 그때껏 시골 오지에서 철저한 유교식 교육을 받고 자라온 나는 못 볼 꼴을 본 양 반사적으로 눈을 감았다, 다시 떴다. 나는 수건으로 완강하게 성기를 가린 채 그 참담한 광경을 한동안 지켜보고 서 있었다. 타일 벽을 마주 보고 옹색한 플라스틱 의자에 줄지어 앉아 있는 사람들은 저마다 공사다망公私多忙한 모습으로 마치 학대라도 하듯 제 몸의 때를 밀고 있었고 탕안에 앉아 있는 사람들은 그들의 주인이기라도 하듯 무위無爲한 표정으로 눈을 감고 있었다. 그런데 그 부산스런 광경을 지배하고 있는 것은 오히려 완강한 침묵이었다. 누구도 입을 열어 말을 주고받지 않았으며 그저 자신을 씻어내는 일에 열중하고 있을 뿐이었다. 그리고 어느덧 나도 그들 중 하나가 되어 있었다. 우선 비누로 불알만 씻고 탕에 들어가 때를 불리고 나오라고 아버지가 말했다. 다른 선택의 여지가 없었으므로 나는 그가 시키는 대로 했다.

타일 벽을 마주 보고 앉아 내 몸의 때를 스스로 벗겨내는 동안 나는 급기야 감정이 고조되고 말았다. 이토록 모욕적이고 억압적인 상황을 나는 그때껏 경험해보지 못했던 것이다. 잠시 후 뒤에서 아버지가 다가와 때수건으로 등을 밀기 시작했다. 껍질을 벗겨내기라도 하듯 그의 손놀림은 단순하고 집요했다. 그동안 나를 키워준 조부모의 흔적을 내 몸에서 완전히 지워버리려고 작정을 한 게 아닌가, 라는 생각이 들 정도였다. 사실 아버지는 조부에 대한 감정이 그리 좋지 않았고 나는 그동안 조부를 아비처럼 여기며 살아온 게 사실이었다. 그러므로 정권이 바뀌면서 내 정체성도 변해야만 하는 순간을 나는 견디고 있는 중이었다.

이후 나는 목욕탕에 가는 것을 극구 피하게 되었다. 명절이 다가오면 식구들은 으레 단체로 목욕탕에 가곤 했다. 그때마다 나는 이런저런 핑계로 뒤로 빠지거나 심지어는 앓아눕기까지 했다. 그리고 등단하기 전까지는 목욕탕에 가본 기억이 거의 없다. 무엇보다 남들에게 내보일 만큼 내 몸에 자신이 없었으며, 아닌 게 아니라 뿌리 깊은 유교 교육의 영향도 크게 작용을 했다. 그러다 등단 후에 소설을 쓰기 위해 지방 곳곳을 전전하면서 나는 이따금씩 온천에서 피로를 푸는 습관이 생겨 있었고, 오래전에 아버지가 나를 처음 데려갔던 목욕탕이 다름 아닌 온양온천이었다는 사실도 새삼스럽게 알게 되었다. 하지만 일상으로 복귀하면 목욕탕은 여전히 내게 낯선 공간의 하나일 뿐이었다.

하루도 거르지 않고 목욕탕에 가게 된 경위는 이렇다. 등단한 지 10년 정도가 된 30대 후반의 어느 날 밤이었다. 나는 잠결에 꿈을 꾸고 있었다. 그전까지 나는 꿈을 꿔본 경험이 거의 없었다. 그런데 난데없이 악몽이 시작된 것이었다. 밤마다 얼굴 없는 사람들이 나타나 내 목을 조르고 원망을 하고 고통에 찬 아우성을 치는 것이었다. 악몽은 하루도 빠짐없이 계속되었고 이윽고 눈을 떠도 일상적으로 꿈에 쫓겨 다니는 증상으로 바뀌어 있었다. 이쯤 되면 사람은 자신을 돌아보며 반성을 하게 돼 있다. 그러자 그동안 내가 살아오면서 상처를 주었거나 고통을 준 사람들의 얼굴이 차례로 하나둘씩 생생하게 떠오르는 것이었다. 더불어 내가 매우 이기적인 사람이며 타인의 고통에 대해 대체로 무감한 채 살아왔다는 것을 알게 되었다. 나는 마땅히 참회하고 용서를 빌었다. 그럼에도 악몽은 사라지지 않았다. 오히려 증상이 악화돼 공황장애를 겪게 되었으며, 그즈음부터 내 귀에는 오직 나를 비난하거나 비방하는 사람들의 목소리들만 들려오기 시작했다. 나는 접근하기 쉬운 방법으로 우선 술에 의지하기 시작했다. 하지만 숙취에서 깨어나는 순간 걷잡을 수 없는 공동空洞 상태가 찾아와 여지없이 자폐감에 사로잡히곤 했다.

20대 중반의 1년을 절에서 지낸 경험이 있는 나는 무문관無門關 수행이 필요하다는 생각이 들어 제 발로 산사로 찾아가 한 달이고 두 달이고 문을 닫아걸고 자신을 참구했다. 또한 젊어서 이루

지 못했던 출가를 다시 생각해보기도 했다. 이러한 경황에 글이 써질 리 없었다. 생각다 못해 나는 제주도로 거처를 옮기기로 결심했다. 알다시피 제주도에는 우주만큼 거대한 목욕탕, 즉 바다가 있다. 다시 태어나는 심정으로 나는 매일 바다에 나가 있었다. 하루에 열두 시간씩 바다에 나가 있다 돌아오는 날도 있었다. 그리고 집으로 돌아올 때면 어김없이 목욕탕에 들러 몸을 씻으며 지난 생을 돌아보았다. 그럴 때마다 내 눈에는 아주 오래전 아버지와 함께 처음 목욕탕에 갔던 날의 풍경이 선연하게 떠오르곤 하는 것이었다. 수행이라도 하듯 노예나 죄수처럼 벌거벗은 몸뚱이로 자신을 참회하고 참구하던 사람들의 엄숙하고 비장한 모습들이 말이다.

웬만큼 몸과 마음을 추스르고 제주도에서 돌아온 이후에도 나의 목욕은 하루도 빠짐없이 계속되었다. 또한 어디를 가든 강박적으로 목욕탕부터 찾는 습관이 생겨 있었다. 외국에 나가서도 이는 마찬가지여서, 매번 목욕탕 기행에 가까운 여행을 하게 되는 셈이었다. 그리고 어느 해던가. 저 머나먼 헝가리의 부다페스트에 있는 유서 깊은 온천 겸 목욕탕에서 뿌연 거울을 통해 벌거벗은 내 몸뚱아리를 바라보고 있을 때, 문득 뒷전으로 죽음의 그림자가 스쳐 지나가는 것을 목도하면서 나는 이런 생각을 하고 있었다. 이제야말로 스스로 문을 닫아걸고 생生을 참구할 나이가 된 것 같다고. 주위를 조용히 물리고 홀로 명상에 빠져 삶의 비의를 하나씩 깨달아야 할 시기가 온 것 같다고.

그로부터 나는 지금까지 사람들과의 만남을 가급적 자제하며 살아오고 있다.

그런데 내게 가끔 태클을 걸어오는 사람이 있다. 짐작하듯 이제 그럴 만한 사람은 내게 내자뿐이다. 태클의 내용은 대개 반복적이고 유사한데, 요약하면 다음과 같다. 고작 나이 50에 노인 행세를 하는 건 뭐냐. 집은 세속의 삶을 꾸려가는 신성한 공간이지 혼자 수행하는 절간이나 무문관 따위가 아니다. 운동을 열심히 하는 것은 탓할 바 못 되지만, 매일 목욕을 하는 것은 환경 파괴 행위이며 사회적 낭비이자 사치에 다름 아니다. 태클은 여기서 멈추지 않는다.

당신이란 사람은 삶의 패턴이 지극히 단순하고 기계적이어서 때로 사이보그처럼 보일 때도 있습니다. 당신 정말 소설 쓰는 사람 맞습니까? 그 감수성은 도대체 어디서 비롯된 겁니까? 당신이 사람을 만나지 않는 것은 어려서부터 몸에 밴 방어적인 속성과 세상에 대한 막연한 분노와 피해의식 때문이 아닌가요? 그러니 지금부터라도 밖으로 나가 사람들과 어울리며 마음을 터놓으라는 얘깁니다. 그들을 만나 음식과 술을 나누며 웃고 떠들다 하물며 드잡이를 하더라도 여간 좋지 않습니까? 나도 한 번쯤은 새벽에 난데없이 경찰서에서 걸려오는 전화를 받아보고 싶다 그런 말입니다.

영화관
―「뻐꾸기 둥지 위로 날아간 새」의 시절

다시 겨울이 닥치고 글을 쓰러 떠나기 위해 짐을 꾸리고 있자니 예의 착잡한 마음이 앞선다. 연말 즈음하여 툭, 마음의 끈을 놓쳐버리고 예외적으로 연음連飮을 일삼았더니 몸도 무겁고 집중력이 현저히 떨어진 상태에서 그예 우울증이 되살아난다. 글을 쓴다는 일이 도무지 엄두가 나지 않고 밤만 되면 도마뱀처럼 몸을 비틀면서 온갖 꿈에 시달린다. 이쯤 되면 속히 집을 비워줘야 한다. 옆에 있는 사람까지 덩달아 전전긍긍하게 되고 억압을 느끼기 때문이다.

강원도 모처로 떠나기 전날 식구와 함께 영화관을 찾아 「레미제라블」을 관람했다. 오래전에 런던 피카딜리에서 뮤지컬을 관람한 적이 있었으므로 별다른 기대 같은 건 없었다. 다만 떠나기 전에 식구와 뭔가 함께할 시간이 필요했는데, 그게 바로 영화 관람이었던 셈이다. 여전히 마음이 외출한 상태였으므로 나는 강 건너 불구경하듯 무감한 상태에서 두 시간을 버티고 앉아 있었다. 그런데 장 발장이 죽음의 세계로 건너가는 장면에서 뜻하지 않게도 울컥, 하는 심정이 되고 말았다. 나는 나잇값을 고려해 억지로 눈물을 참고 있었다. 그러나 내 안의 나는 버림받은 고아처럼 숨죽여 울고 있었다. 실은 영화 때문이 아니라 자신에 대한 터무니없는 연민과 모종의 상실감 탓이었으리라. 그 순간 나는 장 발장과 나를 동일시하는 지극히 단순한 감정이입의 상태에 빠져 있었던 것이다. 그래도 울고 나니 조금 마음이 후련해졌다. 더불어 얼마쯤 정신이 돌아와 있었다. 그러자니 사춘기 시절에 본 영화 한 편이 기억 속에서 떠오르는 것이었다. 밀로시 포르만 감독의 「뻐꾸기 둥지 위로 날아간 새」가 바로 그것이다.

온양과 평택에 살다 대전으로 이사를 한 것은 열두 살 무렵이었다. 미군 기지가 있는 평택에서의 삶이 어두운 착색 판화 같았기에 나는 새로 이사 갈 곳에 대한 막연한 기대를 품고 있었다. 하지만 막상 도착해보니 도심에서 멀리 떨어진 변두리 지역이었고 역시 사글셋방이었다. 그래도 한 가지 위안이 되었던 것은 집 앞에 커다란 은행나무가 한 주 서 있다는 것이었다. 또한 주인집 사람들의 표정이 늘 서글서글하고 남을 대하는 태도가 부드러웠다. 그러나 이곳에서도 1년 남짓 살았을 뿐이었다.

나는 우리 식구가 세 들어 사는 집을 내 멋대로 '은행나무집'이라고 불렀는데, 이곳으로 이사를 온 후 어머니도 얼굴이 한껏 밝아져 있었다. 형편이 나아져서가 아니라 주말에 한 번씩 버스를 타고 시내에 나가는 재미를 붙인 것이었다. 어머니는 보호자 격으로 굳이 나를 데리고 다녔는데, 나 역시 그 외출이 싫지 않았다. 우리는 시장을 본다는 핑계로 이곳저곳을 구경 삼아 돌아다니며 국수도 사 먹고 옷 가게나 신발 가게를 기웃거리다 간혹 충동구매를 하기도 했다. 그럴 때마다 나는 시장 건너편에 있는 대형 간판에 눈을 빼앗기곤 했는데, 어머니에게 물어보니 영화 홍보용 '걸개그림'이라고 했다. 그러나 '미성년자 입장 불가'였으므로 우리는 한 번도 영화관에 들어가보지 못했다. 어머니도 그 점을 늘 아쉬워하는 눈치였다. 돌이켜보니 이때의 해소되지 못한 욕망이 훗날 나를 영화관으로 끌어들이는 계기가 되지 않았나 싶다. 집을 지어 이사를 한 후 나는 중학생이 되었고 거의 매일 헌책방과 영화관 골목을 배회하고 다녔다. 그곳에는 '중앙 극장'과 '아카데미 극장' 두

개가 있었는데, 얼마 전에 우연히 그 골목을 지나다 보니 '아카데미 극장'만 남아 있었다. 개보수를 한 눈치였지만 왠지 초라한 느낌이 들었다.

사춘기의 시작과 함께 중학생이 되었으나, 나는 학교에 적응을 못하고 늘 혼자 겉돌았다. 초등학교를 졸업할 때까지 여섯 번의 전학을 다니는 동안 소극적이고 내성적인 성격으로 변한 탓이었을까? 나는 교우관계에 서툴렀고 혼자 지내는 편이 오히려 부대낌도 적었다. 수업 시간 외에는 늘 도서관에 앉아 소설책을 읽었으며 방과 후에는 두어 시간씩 거리를 돌아다니다 마지못한 심정으로 집으로 가는 버스를 타곤 했다. 집도 학교도 내게는 억압으로 느껴질 따름이었다. 마치 누군가에 의해 강요된 삶을 하루하루 살아내는 심정이었다. 그나마 버틸 수 있었던 것은 도서관의 책들 때문이 아니었을까. 수업 시간에도 소설책을 읽다 교사에게 들켜 종종 얻어맞았는데, 엉겁결에 "작가가 되려고 그런다!"고 커밍아웃을 했다가 공개적으로 비웃음을 사고 망신을 당한 적도 있다. 그러니 학교 생활이 재미있을 까닭이 없었다.

2학년이 되어 봄소풍을 가던 날, 나는 학교에 가는 대신 충동적으로 버스를 타고 '아카데미 극장'으로 갔다. 딱히 영화를 보겠다는 계획이나 의지가 있었던 건 아니었다. 아침 녘이었으므로 마땅히 갈 만한 데가 없었던 것이다. 나는 일단 대전역에 내려 대합실 안을 서성이며 열차 시간표를 올려다보는 시늉을 하다 곧 머쓱한 기분이 들어 밖으로 나왔다. 그리고 광장 한가운데 서서, 방금 타지에서 막 도착한 유랑자처럼 새삼스럽게 사방을 둘러보았다. 정면으로는 중앙대로가 일직선으로 뻗어 있었고 그 끝에는 일제강점기에 지어진 도청 건물이 서 있었다. 왼편으로는 과거에 어머니와 자주 가던 시장이 보였다. 뒤미처 내 시선은 저절로 그 건너편 건물에 걸려 있는 영화 간판으로 옮겨갔다. 나는 곧 횡단보도를 건너 극장 골목으로 들어섰다. 극장은 아직 문을 열지 않은 상태였다. 입구 옆에는 채 완성되지 않은 영화 간판이 비스듬히 누워 있었으며 머리가 하얀 노인이 계단 청소를 하고 있었다. 한 시간 이상 골목 언저리에서 배회하다 나는 조조할인 표를 끊어 안으로 들어갔다. 여전히 미성년자 신분이었으나 매표구의 여직원은 별말 없이 반달 모양의 창구 밖으로 표를 내밀었다.

　어둑한 극장 안에는 불과 대여섯 명의 관객이 앉아 있었다. 토요일 아침부터 영화관을 찾는 사람은 나처럼 아웃사이더 계열에 속한 소수의 소외된 존재들일 터이었다. 아닌 게 아니라 그 영화는 정신병동에서 벌어지는 얘기를 다룬 작품이었다. 제목 '뻐꾸기 둥지 위로 날아간 새'도 얼른 해독이 불가능할뿐더러, 내가 내심

기대했던 로맨스나 스릴러 장르도 아니었다. 하지만 나는 점점 맥머피(잭 니콜슨 분)라는 인물에 빠져들고 있었다.

교도소에서 꾀를 내어 정신병원으로 자진 이송된 맥머피는 동료 환자들을 데리고 병원에서 빠져나가 낚시를 다녀오거나 파티를 여는 등 체제에 대한 반항을 시도한다. 그러나 병원의 감시와 처벌 시스템이 너무나 견고하다는 사실을 깨닫고 결국 탈출을 결심하기에 이른다. 그동안 벙어리인 줄 알았던 인디언 추장(윌 샘프슨 분)이 말문을 열자, 맥머피는 그와 함께 캐나다로 도망가려는 계획을 세운다. 하지만 병원의 권력을 상징하는 랫치드 간호사(루이즈 플레처 분)에 의해 전기치료실로 끌려가 전두엽 절제수술을 받는다. 병동으로 돌아온 맥머피를 본 추장은 그가 식물인간과 다름없는 존재가 되어 있음을 알게 된다.

이상의 줄거리에서 보듯 이 영화는 정신병동을 매개로 억압된 자유와 강요된 삶을 현실 사회에 빗대 폭로하고 있는 작품이다. 그리고 나는 언제부터인지 울고 있었다. 맥머피가 전기치료실에서 병동으로 되돌아오는 장면에서, 추장이 정신병원을 탈출해 숲으로 달려가는 마지막 장면에서 그만 걷잡을 수 없는 감정의 상태가 되고 말았던 것이다. 미국 작가 켄 키지가 1962년(내가 태어난 해이다)에 발표한 소설을 원작으로 한 이 영화는 잭 니콜슨의 명

연기와 함께 지금도 내게 가장 강렬한 인상의 작품으로 남아 있다.

이후 고등학생이 되어 나는 고교 연합 문학 동인회인 '동맥冬麥'에 가입해 졸업할 때까지 한 달에 한 편씩 소설을 써댔다. 그리고 틈만 나면 대학생 선배들과 어울려 선술집을 드나들었다. 그러나 극장에 갈 때는 조용히 혼자 갔다. 영화를 일컬어 사람들은 흔히 '꿈의 공장'이라는 표현을 쓴다. 나는 어둑한 사각형의 공간에서 온전히 혼자 꿈을 꾸고 싶어 영화관에 자주 드나들었는지 모르겠다. 그렇듯 꿈의 공간을 출입하면서 누구에게도 말 못할 상처와 괴로움을 치유하고 그럭저럭 10대의 날들을 살아내지 않았나 싶다.

한데 여기에는 아버지에 대한 모종의 죄책감이 도사리고 있다. 당시 텔레비전에서는 토요일마다 '주말의 명화'라는 타이틀로 심야에 주로 미국 영화를 방영했다. 아버지는 거의 한 주도 거르지 않고 흑백 텔레비전을 통해 그 영화들을 시청했다. 살기는 여전히 각박했고 내가 보기에도 아버지에게는 별다른 낙이 없었다. 때문에 미군 부대 출신이었던 아버지는 미국 영화를 시청하면서 일종의 자기 위안을 삼고 있었던 것 같다. 불을 끈 어둑한 방에서 아버지는 늘 옹색한 자세로 앉아 치매에 걸린 노인처럼 브라운관을 응시하고 있었다. 그 시절 나는 두 편을 동시 상영하는 영화관을 뻔 질나게 드나들고 있었던 것이다.

「뻐꾸기 둥지 위로 날아간 새」의 시절은 20대, 아니 30대까지 길게 이어졌다. 나는 주로 충무로와 종로에서 영화를 많이 본 세 대다. 그러므로 '대한극장' '명보극장' '씨네코아'가 있는 주변을 숱하게 전전했다. 또한 여전히 혼자 영화를 보러 다니는 사람으로 살아가고 있었다. 현실이 되레 허구처럼 느껴질 때마다 나는 극장 안에 들어가 앉아 있곤 했다. 나는 그 사각형의 어둠에 익숙해 있 었고 그것이 비록 꿈이거나 환상이거나 혹은 가공된 이야기라 할 지라도 거기서 나름의 휴식과 위안을 얻었다. 이윽고 영화가 끝나 고 밖으로 나왔을 때의 밝음에 당황하기는 매번 마찬가지였으나, 그렇게 문득 방향성을 상실한 채 거리를 걷다 보면 내게도 뭔가 '이야기가 필요하다'는 절실함에 사로잡히곤 했다. 그때마다 내가 소설가라는 사실을 나는 구원처럼 받아들였다.

내 기억이 맞다면 1998년 충무로에 있는 대한극장이 전면 개보 수에 들어갔다. 그 전에 대한극장에서는 한 달 정도 고전에 해당 하는 영화들을 재상영했다. 그중의 한 편이 「아라비아의 로렌스」 였다. 그런데 나는 어떤 여성과 함께 이 영화를 보게 되었다. 그날 그녀는 동국대학교에서 열린 '인권영화제'에 참석했다가 마침 충무로에 있는 신문사에 볼일이 있어 나와 있던 나와 우연히 만나게 되었다. 이미 늦은 시각이었고 날씨는 추웠다. 그녀는 이번이 마지막 기회가 될지도 모른다며 풀 버전의 「아라비아의 로렌스」를 꼭 봐야 한다고 내게 동의를 구해왔다. 영화는 심야에 해당하는 열한 시에 시작이었고 중간에 브레이크 타임을 포함해 새벽 세 시에나 극장 밖으로 나올 수 있었다. 그런데 이 긴 영화를 하필 나와 함께 보자고 하는 것이다.

어두운 영화관 안에 그녀와 나란히 앉아 있는 동안 나는 전혀 뜻하지 않은 감정에 사로잡혀 있었다. 사실 영화에는 그다지 흥미가 없었고(텔레비전에서 이미 요약본으로 본 바가 있었다) 옆에 앉아 있는 그녀에게만 온통 관심이 쏠려 있었다. 극장에 들어오기 전까지만 해도 그녀와 나는 객관적으로 그저 아는 사이일 뿐이었고 주관적인 관심은 가질 기회가 없었던 게 사실이었다.

새벽에 극장에서 나와 그녀와 나는 택시를 타고 청진동 해장국집으로 갔다. 그녀가 말하길, 배가 고프다고 했다. 그럼 밥 먹으러 갑시다, 라고 나는 우정 심상한 투로 되받았다. 대체 무슨 일이 일어나려고 이러는 걸까. 누군가 감히 나를 시험하고 있는 것인가. 하지만 무려 네 시간 동안이나 함께 어둠 속에 앉아 있었던 사람이 배가 고프다는데, 이대로 집으로 들여보낼 수야 없지 않은가.

　해장국과 동그랑땡을 시켜놓고 소주를 마시는 동안 그녀는 어느샌가 벽에 비스듬히 기대 끄덕끄덕 졸고 있었다. 그 모습을 눈여겨보면서 나는 내가 어제까지와는 전혀 다른 사람으로 시시각각 변해가고 있다는 사실을 선명하게 깨닫고 있었다. 말하자면 「뻐꾸기 둥지 위로 날아간 새」의 시절이 그날 새벽을 기해 돌연 막을 내리고 있었던 것이다.

　그러니까 이건 마치 영화 같은 얘기라고 할 수 있다.

자동차
─근대 이후의 유목민을 위하여

　자동차는 운송 수단이자 이동 수단으로 쓰인다. 더불어 지극히 사적인 공간을 제공하며 유동성까지 포함하고 있다. 즉 장소의 고정된 지배를 받지 않을뿐더러 다채로운 공간의 확장을 연출한다. 또한 시간의 구속에서도 자유롭다. 사용자의 필요와 감성적 편의에 따라 공간 이동이 결정되는 것이다. 우리는 가끔 공간과 장소의 차이에 대해 혼란스러워할 때가 있다. 그것이 서로 일체성을 유지하고 있을 때는 더욱 그러하다. 장소는 어쩔 수 없이 고착적 성격이 강하다. 하지만 공간은 자주 유동적이며 때로 덧없이 소멸해버리기도 한다. 근대 산업 문명의 꽃인 자동차는 이러한 공간의 유동성을 자의적이고 능동적으로 실현할 수 있는 매혹적인 기호

이자 총체성을 띤 사물이다.

그것은 말할 것도 없이 근대 이전에 인간들이 함부로 부려먹던 말馬, 소牛, 혹은 낙타나 야크의 대체물로 탄생했다. 그러므로 자동차에는 인간에게 결여돼 있는 이들 동물의 개체적 특성과 고유한 능력이 성능性能이라는 함의적 용어로 내재해 있다. 마력馬力이 바로 그 대표적인 표현임을 우리는 알고 있다. 가령 미국의 할리데이비슨사에서 생산하고 있는 오토바이가 세계적인 명품으로 인정받는 것은 단지 그 기계적 성능의 우수함 때문만이 아니다. 핵심은 바로 엔진의 배기음을 말발굽 소리에 가깝게 재현한 데 있다. 따라서 할리데이비슨 오토바이를 소유한 라이더는 준마를 타고 질주하는 듯한 쾌감과 황홀을 경험하게 된다. 이는 산업화가 진행되면서 억압적으로 거세된 남자 인간들의 동물적 본능을 아찔한 환상을 통해 충족시켜주는 역할을 수행한다. 기성의 가치체계와 국가 시스템에 범집단적으로 저항했던 1960년대 미국의 히피족과 젊은이들이 흔히 오토바이족이었다는 사실은 매우 의미심장하다. 그중엔 제니스 조플린이라는 걸출한 여성 록 가수도 포함되어 있다.

자동차 또한 저렇듯 동물이 가진 속성을 극대화시켜 인간의 잠재된 야성 본능을 한껏 자극한다. 박람회를 연상시키듯 만국기가 휘날리는 대리점 안에 전시돼 있는 갓 출시된 자동차를 보라! 쓰임새에 따라 디자인과 성능의 차이가 있긴 하지만 근대 이전에 저토록 아름다운 유기체가 과연 존재했을까 싶다. 전후좌우, 상하의 입체적 완결성이 그저 경이로울 따름이다. 또한 보닛을 열고 그 내부를 들여다보라. 마치 거대한 짐승의 생체 해부도를 보는 듯하지 않은가. 또한 운전석에 앉아 키를 꽂고 시동을 걸어보라. 엔진(심장)이 요동치기 시작하면서 각 기관(오장육부)이 일사불란하게 깨어난다. 이어 엔진의 진동이 신체 구석구석으로 골고루 퍼지면서 숨결이 차츰 가빠진다. 그 순간 운전자는 강력한 네발(타이어)을 가진 동물로 변신하는 듯한 무의식적인 착각에 사로잡힌다. 말馬인들 설마 이 지치지 않는 고감도의 탄력을 유지할 수 있겠는가!

압박이라도 하듯 조직적으로 잘 맞물려 있는 차체의 선은 남성의 잘 발달된 근육을 연상시킨다. 헤드라이트나 미등은 대개 특정 동물의 안구를 기하학적으로 변형해놓았기에 야성을 한껏 부각시킨다. 이렇듯 자동차에는 대개 수컷의 남성성이 부여돼 있다. 그렇다는 것을 확인시켜주기 위해 자동차 전시장에 가보면 예외 없이 젊고 아름다운 여성 모델들이 자동차에 비스듬히 기대 저마다 나른한 포즈를 취하고 있다. 때문에 그 자동차를 소유하게 되면 그 같은 남성성을 획득하게 될 거라는 욕망을 두고두고 자극한다. 새 차를 구입하게 되면 필연적으로 새 여자가 생긴다는 근거 없는 속설도 바로 여기에 근거한다.

나는 운전을 비교적 늦게 배운 데다, 차에 대한 소유개념도 30대 중반이 돼서야 생겼다. 그 전까지는 차를 소유한다거나 운전을 해야겠다는 발상 자체가 없었다. 그렇다고 누구처럼 '선비가 어찌 수레를 몰고 다니겠는가'라는 전근대적인 자의식을 가지고 있었던 것도 아니었다. 집을 소유가 아닌 거주 개념으로 파악했듯 자동차 또한 단순한 이동 수단으로만 여기며 살아왔다. 다시 말해 대중교통을 이용하는 것으로 됐다고 생각했다.

그런데 역시 글을 쓰러 여기저기 옮겨 다니다 보니 짐의 부피나 무게가 늘 만만치 않았고 종종 유동성에 문제가 발생하곤 했다. 어렵사리 한 번 거처를 정하게 되면 그곳이 설혹 마음에 들지 않더라도 차마 다른 곳으로 옮겨 갈 엄두가 나지 않아 그대로 눌러앉아 견디곤 했다. 그러다 글쓰기에 실패해 빈손으로 돌아오는 경우가 있었는데, 그때마다 나도 참 어지간히 융통성이 없는 사람이구나, 라는 생각을 하지 않을 수 없었다. 그즈음 누군가 내게 잠언조로 '트럭이나 봉고차를 소유하고 있는 여인을 가까이 하라'고

귀띔하는 것이었다. 그제야 머릿속이 번쩍, 깨어나면서 나는 라이센스를 취득해야겠다는 생각을 하기에 이르렀다.

운전면허를 취득한 후 나는 어떤 차를 구입하는 게 적당할지 고민했다. 주위에서는 30대 중반의 직장인들이 흔히 타고 다니는, 은색 혹은 회색의 배기량 1500cc 준중형급 승용차를 권했다. 은색이나 회색은 꾸준히 비나 먼지를 뒤집어쓰고 다녀도 다른 색에 비해 눈에 띄지 않으므로 세차의 부담을 줄일 수 있으며, 배기량 1500cc 승용차는 대중성이 확보돼 있어 나중에 중고로 처리하기에도 수월하다는 것이었다. 그런데 나는 이 두 가지 조건이 다 마음에 들지 않았다. 중고 가격이 보장된 가장 대중적인 차를 타기도 싫었고 착시 현상을 불러일으키는 은색이나 회색도 마음에 들지 않았다. 장고를 거듭한 끝에 나는 중형급의 검은색 스포츠카를 구입하기로 결정했다. 나로서도 전혀 의외의 선택이었으나 여기엔 사소하지만 결정적인 동기가 작용했다.

그즈음에 나는 사간동 '갤러리현대'에서 열리고 있는 지인의 미술 전시회에 갔다가 주차장에서 하필 노란색 스포츠카에서 내리고 있는 머리가 하얀 노인을 목격했다. 순간 나는 설명하기 힘든 신선한 충격을 받았다. 스페인어로 '상어'라는 뜻의 이름을 달고 있는 그 유선형의 국산 스포츠카는 주로 20대의 폭주족들이 즐겨

타는 차로 인식돼 있었던 것이다. 잠시 후에 알게 되지만 그 백발의 노인은 화가였다. 흠, 그렇군. 나는 화랑에서 나와 만국기가 펄럭이고 있는 자동차 대리점을 찾아갔다. 그리고 보닛을 열어놓고 내부를 한참 들여다본 다음 운전석에 올라타 시동을 걸어보았다. 새 차 특유의 상쾌한 엔진음과 함께 몸으로 조용한 진동이 전해져왔다. 뒤미처 나는 당황하고 있었다. 왜냐하면, 이대로 곧장 전시장의 유리를 깨부수고 밖으로 뛰쳐나가고 싶은 충동에 사로잡힌 것이다.

차가 배달되기까지 약 보름 동안 나는 거의 매일 밤 어두운 심해 속을 유영하는 상어 꿈을 꾸고 있었다. 누군가 그랬지. 자신의 차를 소유하게 되면 삶을 바라보는 각도가 달라진다고. 일상이 입체적으로 변한다고. 더불어 상상력이 배가되게 마련이라고. 이 모두가 실은 글쓰기에 절대적으로 필요한 요건들이었다. 좀 더 자의적으로 해석하자면 이제 차를 소유하게 됐으므로 조만간 괄목할 만한 소설들이 쏟아져 나오리라는 섣부른 예감이 들었다. 게다가 스포츠카가 아닌가. 그러니 내 소설도 더욱 젊어지겠지.

환경이 사람을 만든다는 얘기가 있다. 내 경험으로는 자동차도 그 환경의 주요한 요인에 속한다고 말하고 싶다. 이놈의 차는 시동을 걸고 브레이크 페달에서 발을 떼는 순간 전방으로 튀어 나가려는 성질을 가지고 있었다. 혹시 차에 이상이 있는가 싶어 대리점에 전화를 걸어보니 엔진 설계가 그렇게 돼 있단다. 아닌 게 아니라 액셀러레이터를 슬쩍 밟기만 해도 이놈은 치타나 레오파드가 먹이를 발견하고 순식간에 뛰쳐나가듯, 앞으로 곧장 튕겨 나가는 것이었다. 나는 내 잠재본능 안에 속도에 대한 동경이 있는 줄 그제야 깨달았다. 나는 스포츠카 동호회에 가입해 운전에 대한 새로운 개념을 장착하고 바야흐로 속도에 집착하기 시작했다. 당시 나는 일산 신도시에 살고 있었는데, 이슥한 밤이면 차를 끌고 나가 평균 시속 170킬로미터로 임진각까지 왕복하는 것을 일과로 삼았다. 초보운전 주제에 말이다. 속도는 점점 올라갔다. 차는 시속 240킬로미터까지 속력을 올릴 수 있었다. 적어도 220킬로미터까지는 엔진에 아무런 무리가 없다고 했다.

200킬로미터까지 속도가 올라갔을 때, 나는 이러다 제임스 딘 꼴이 나게 되리라는 예감에 사로잡혀 의식적으로 속도를 낮췄다. 그리고 임진강과 한강의 경계쯤이 되는 지점의 도로 갓길에 차를 세우고 밖으로 나와 몰려드는 안개 속에서 담배를 피워 물었다. 어두운 밤하늘로 떼 지어 날아가는 새들의 날갯짓 소리가 환청처럼 귀에 들려왔다. 내가 어쩌자고 이러는 걸까. 이러자고 기껏 운전을 배우고 아닌 말로 주위의 눈총까지 받아가며 스포츠카를 구

입한 게 아니지 않는가. 다만 생업에 필요해서 집에 들였을 뿐인데……. 소설과 스포츠는 엄연히 다른 종목이 아닌가 말이다. 나는 차체 여기저기에 요란하게 붙어 있는 스티커들을 흘겨보며 실소를 하고 있었다.

속도를 단념하자 차는 스스로 내부를 지향하며 공간화되기 시작했다. 차는 철저히 주인을 닮아가는 것이다. 많은 사람들이 그렇듯 나는 차를 사적인 공간, 유동성을 가진 고유한 공간으로 인식하며 애정을 쏟아부었다. 우선 오디오를 쓸 만한 것으로 교체하고 조수석에 음반들을 쌓아놓았다. 그리고 듣고 싶은 대로 마음껏 볼륨을 올려놓고 교향곡 전곡을 감상했다. 물론 누구 하나 간섭하는 사람이 없었다. 한여름 노을이 질 무렵 한강 변에 차를 세워놓고 시벨리우스의 차디찬 「바이올린 협주곡」을 듣는 느낌 아시는지. 한겨울 철새들이 떼 지어 날아가는 임진강 변에 차를 세워놓고 비틀스의 「우주를 가로질러」를 듣는 느낌 또한 아시는지. 단풍으로 뒤덮인 북한산 아래 주차장에서 스트롭스의 「가을」을 듣는 느낌은 또 어떠한가.

그리고 이보다 더 중요한 미덕이 있었다. 자동차를 소유한 후 나는 어느 때건 마음만 먹으면 내가 속한 공간을 변화시키며 살아갈 수 있게 되었다. 새벽에 깨어나 바다가 보고 싶으면 우발적으로 강릉이나 속초로 향했고 서해안고속도로를 타고 당일로 태안이나 당진, 서산에 다녀오기도 했다. 이를테면 또 다른 형태의 유목 생활이 시작된 셈이었다. 자동차는 내게 삶의 공간을 수시로 바꿔주는 역할을 했고 그때마다 삶의 풍경도 달라졌다.

두어 번의 사고가 나서 데미지를 입기도 했지만, 이 검은색의 스포츠카는 나와 무려 10년을 함께했다. 그동안 전국 방방곡곡 함께 안 다녀본 데가 없을 정도였다. 이 차를 타고 다니는 동안 나는 여러 권의 책을 출판했으며, 그 책들이 쓰여지는 매 순간에도 문밖에서 변함없이 주인을 위해 대기하고 있었다. 또한 섬들을 오가는 배에도 수없이 동행했으며 주인이 낚시에 빠져 돌아다닐 때도 염분에 몸이 상해가면서 바닷가에 묵묵히 서 있었다.

세월이 흘러 이 늙은 상어는 단돈 100만 원의 헐값에 팔려 갔다. 연식도 연식이지만 한 번 크게 사고가 난 적이 있었으므로 값을 제대로 받을 수 없었던 것이다. 나로서도 이 차를 두고 아득바득 거래를 하고 싶은 마음은 없었다. 이러구러 10년이나 삶을 함께한 존재가 아닌가. 중고차 거래인에게 물어보니, 여기저기 손을 본 다음 동남아시아나 아프리카로 팔려 갈 거라고 했다. 나는 그만 심정이 아득해졌다. 동남아는 그렇다치고 아프리카라니!

그 전날 나는 마지막으로 이 차를 몰고 혼자 임진각에 다녀왔다. 그 참에 내가 살던 일산 신도시의 구석구석을 돌아보며 내 유목의 삶이 사실상 종료됐음을 깨달았다. 이제부터는 장소와 공간이 일체화된 어느 한 지점에 머물며 상시적으로 지구력과 인내심을 요하는 지극히 단조로운 인생을 살아가게 되겠지. 왠지 그런 예감이 들었다. 어쨌든 나이 50이 다 돼가는 마당에 스티커가 덕지덕지 붙어 있는 낡은 스포츠카를 몰고 돌아다닐 수는 없는 노릇이었다. 새로 출시된 페라리나 람보르기니라면 혹시 또 모를까.

도서관
— 유령들이 득실거리는 납골당

나는 지금 지방에 있는 모 대학의 도서관 열람실에 앉아 이 글을 쓰고 있다. 기숙사에서 두 달가량 머물며 오전엔 주로 산에 다녀오고 오후부터 자정 무렵까지는 도서관에서 시간을 보내고 있다. 서가가 있는 2, 3층 열람실은 오후 여덟 시면 문이 닫히므로 그 이후엔 지하 1층 랩탑실로 내려와 글을 쓰거나 책을 읽으며 부엉이처럼 앉아 있다. 매우 단조로운 일상처럼 보이지만 그 속에도 기승전결 체계의 미묘한 변화가 존재하기 마련이므로 그다지 지루한 느낌은 없다.

이 대학 열람실은 창가에 책상이 가로로 길게 연결되어 있다. 물론 노트북을 연결해 작업을 할 수도 있다. 창밖으로는 겨울의 눈 덮인 호수가 보이고 캠퍼스 안으로 눈을 돌리면 테이크아웃 커피를 사기 위해 커피박스 앞에 서 있거나 식당에 앉아 있는 학생들의 모습이 간간이 눈에 들어온다. 도서관 앞 등나무 아래 벤치에 앉아 있는 학생들은 자판기 커피를 마시며 담배를 피우고 있다. 방학이므로 캠퍼스는 한산한 편이다.

열람실에 앉아 있으면서 가장 인상적인 때는 책을 읽거나 글을 쓰다가 문득 눈을 들어보면, 서쪽으로 해가 넘어가면서 등나무 아래로 어둠이 내리고 있는 장면을 목격하는 순간이다. 그때마다 해질 무렵까지 나는 어디에 가 있었던 걸까? 줄곧 이 자리에 앉아 있었던 게 맞기는 한 걸까? 라는 자의식에 짐짓 놀라는 시늉을 해본다. 이것은 '나'를 잊고 무언가에 몰두하고 있었다는 데 대한 야릇한 자족감이기도 하고 또한 시간의 덧없는 흐름에 대한 한탄이기도 하다. 그러한 몰두의 시간에 나는 자신에게마저 거부당한 채 고독한 타자가 되어 한갓 그림자로 앉아 있었던 것이다. 이는 확실히 망각의 경험이며 결국 죽음에의 경험과도 결부된다. 도서관에 있을 때 유독 이러한 느낌이 되풀이되는 까닭은 무엇일까? 예의 납골당 같은 분위기를 내장하고 있기 때문일까. 아닌 게 아니라 몰두의 상태에 있다 보면 부지불식간에 유령이라고 짐작되는 존재가 뒷전에서 어슬렁거리는 느낌을 종종 받을 때가 있다. 때문에 나는 어려서부터 도서관이라는 공간을 매우 두려워했다.

　초등학교를 졸업할 때까지 나는 학교 도서관에 가본 기억이 없다. 거의 1년 단위로 전학을 다니는 통에 늘 적응 장애를 겪고 있었고 그에 따라 공간 인식도 매우 소극적이고 폐쇄적으로 변해 있었다. 그러다 중학교에 입학한 뒤 양호실이 있는 복도를 지나다 우연히 도서관을 발견하고 슬쩍 안을 들여다보았다. 그때 데스크에 앉아 있는 사서와 눈이 마주쳤는데, 어찌나 엄숙하고 권태롭고 음울한 표정을 짓고 있는지 도무지 안으로 발을 들여놓을 엄두가 나지 않았다. 적대적이기까지는 않더라도 충분히 상대를 주눅 들게 할 만큼 비호의적인 표정을 짓고 있었다. 훗날 나이가 들어서 알게 됐는데, 이는 어느 도서관을 가도 마찬가지였다. 직원이든 사서든 밀랍 인형들처럼 일체 표정들이 없는 것이다. 도서관에서는 '정숙'해야 한다는 일종의 신성불가침적인 불문율에 따른 것이겠으나, 그래도 왠지 지나치다는 느낌을 지울 수가 없다. 그들 모두가 납골당 관리인처럼 한결같이 무거운 침묵에 짓눌려 있는 것이다.

　그러니 중학생이 되고 나서도 나는 도서관에 발을 들여놓는 데 많은 시간이 걸렸다. 그보다는 방과 후에 헌책방을 전전하는 습관이 생겨 있었다. 서울에는 청계천 평화시장 옆에 헌책방 거리가 있는데, 한국전쟁 이후로 지방마다 헌책방 골목이 생겨났다고 한다. 대전은 인동시장으로 들어가는 입구에 헌책방 가게들이 들어서 있었다. 나는 학교가 끝나면 한 시간 정도 되는 거리를 걸어서 이곳에 매일 들락거렸다. 100원부터 시작해 아주 싼값에 책을 살 수 있었고 오래 머물러도 주인들은 아무런 눈치를 주지 않았다. 그 점을 나는 지금도 고맙게 생각하는데, 왜냐하면 헌책방에 머무는 시간이 일과 중 가장 즐겁고 평화로운 순간들이었기 때문이다. 더불어 내 소유의 책이 한 권씩 늘어나는 데 대한 수집의 즐거움도 안겨주었다. 하지만 그러한 시절이 1년쯤 지나자 헌책방이 내게는 너무 익숙해져 점점 진부한 느낌을 주기도 했다. 그래서 어느 집 어느 서가에 어떤 책이 꽂혀 있는지까지 알게 된 다음부터는 조금씩 발걸음이 뜸해졌다. 대신 새로 나온 책에 대한 열망이 생겨 중앙통에 있는 깨끗하고 넓은 서점으로 옮겨 가게 되었다. 그곳에서도 나는 이 책 저 책을 들춰보며 대개 한두 시간씩 머물곤 했다.

그러던 어느 날 나는 예기치 못한 봉변을 당하게 되었다. 당시 정가가 200원이었던 삼중당 문고 한 권을 사 들고 밖으로 나오는데, 뒤에서 서점 주인이 나를 불러 세웠다. 그리고 내게로 다가오더니 다짜고짜 몸수색을 하는 것이었다. 순간 나는 깊은 충격을 받았다. 사람들이 보는 앞에서 순식간에 절도 피의자로 전락한 나는 서점에서 나와 어디라고 할 것도 없이 무작정 걷기 시작했다. 책을 취급하는 서점도 결국 일반 상점에 불과하다는 자각은 내게서 세상에 대한 일말의 순수한 기대와 믿음조차 일시에 거두어 가버렸다. 그로부터 오랜 세월이 흐른 뒤 나는 어느 신문에서 서점을 다룬 가십성 기사를 읽게 되었는데, 서점에 진열돼 있는 책의 약 10퍼센트가 절도에 의해 분실되고 있다는 내용이 실려 있었다. 대략 바코드 체계가 도입되기 전의 일이겠다. 하지만 나는 그 기사를 접하고도 마음의 해묵은 상처가 치유되지 않았다.

그날 내가 무작정 걸어서 도착한 곳은 대흥동 천주교 성당 뒤편에 있는 하얀색 건물의 작은 시립 도서관이었다. 때는 바야흐로 5월이었고 저녁 무렵이었으며 등나무 벤치에는 보라색 꽃들이 만발해 있었다. 나는 그곳에 오래오래 앉아 있었다. 그사이 교복을 입은 학생들이 두세 명씩 도서관에서 내려와 서로 얘기를 나누다 일어서기를 반복했고 누군가는 혼자 앉아 있는 나를 무심코 돌아보기도 했다. 이윽고 서쪽으로 해가 기울면서 노을빛이 내가 앉아 있는 곳까지 번져왔다. 때맞춰 도서관에서 학생들이 몰려나오면서 주위가 삽시간에 소란스러워졌다. 그 낭자한 활기에 감염돼 나는 저절로 마음이 풀어지고 있음을 깨달았다. 등나무 벤치에서 일어나면서 나는 속으로 중얼거렸다. 도서관이란 데가 이토록 아름다운 곳이었구나. 나는 해가 완전히 질 때까지, 도서관으로 올라가는 계단 모서리에 혼자 앉아 있었다.

이후 나는 서점에 가는 것을 포기하고 학교 도서관에 드나들기 시작했다. 또한 주말이면 시립 도서관으로 장소를 옮겨 아침부터 저녁까지 머물곤 했다. 학교 도서관은 개가식과 폐가식을 혼용한 구조였는데 책을 마음대로 골라 볼 수 있다는 점이 좋았다. 대출한 책을 읽을 수 있는 열람실은 옆에 따로 마련돼 있었다. 창가 자리에 앉아 있으면 학교 운동장이 내려다보였는데, 역시 어슴어슴 날이 저물면서 하늘이 붉게 변해가는 순간을 바라보는 것이 무척이나 좋았던 기억이 난다. 이렇듯 늦도록 도서관에 머물 수 있었던 것은 뒤늦게 도서반에 가입할 수 있었기 때문이었다.

어둠이 내리면 도서관 내부는 조용히 웅성거리며 깨어나기 시작했다. 이것은 나만의 자각이었는지도 모르지만, 그즈음이 바로 유령들이 깨어나는 시간이었다. 그때마다 나는 돌연 긴장한 상태가 되어 사위를 두리번거리거나 거역하기 힘든 호기심에 이끌려 어두운 서가 사이를 돌아다니곤 했다. 말해 무엇하랴만 도서관은 죽은 말言語들의 세계였고 그러므로 밤마다 유령들이 출몰할 수밖에 없는 공간이었다. 서가에 꽂혀 있는 책들은 사실상 유물이나 마찬가지였다. 대부분의 책들은 이미 죽은 사람들에 의해 쓰여진 것이었고 혹은 저자가 살아 있다고 해도 글쓰기를 마치는 순간 필연적으로 유물로 변하게 마련이었다.

그렇다는 것을 나는 작가가 되어 글을 쓰면서 더 분명히 알게 되었다. 그것이 어떤 종류이든 글은 쓰여지면서 동시에 유서가 되고 저자는 자신이 쓴 글에 배반당하며 또한 적극적으로 소외되고 타자화되는 것이었다. 이것이 다름 아닌 작가의 운명이며 그 되풀이되는 운명의 결과로 한 권의 책이 남게 되는 것이다. 그러므로 도서관은 죽은 자들의 잠정적 현현으로 가득한 공간일 수밖에 없다. 그리고 누군가 서가에 꽂혀 있는 책을 끄집어내 첫 장을 펼치는 순간 마침내 현현이 시작된다. 그때 귀에서 문득 소란스러움이 사라지고 주위는 일시에 적막감에 휩싸인다. 이는 특정한 누군가가 특정한 현현을 경험하는 순간이다. 그때 누군가는 카프카를 만나고 어떤 이는 도스토옙스키를 만나고 또 누군가는 카뮈를 만나기도 한다. 책을 읽고 있을 때 뒷전에 와 웅성거리는 것은 바로 이들이다. 때로는 소설 속의 주인공들이 되살아나 주위에서 서성거리기도 한다. 책의 군집적 공간인 도서관에서는 이러한 현상들이 비일비재하게 발생한다. 그렇다는 것을 누구보다도 잘 알고 있는 이들이 바로 도서관 근무자들이며, 그들의 표정이 한결같이 밀랍인형 같을 수밖에 없는 이유도 바로 여기에 있다. 말하자면 그들은 유령과 함께 생활하는 자들인 것이다.

도서관에 들어서는 순간 나는 매번 그 분위기에 압도되고 또한 절망스러운 기분에 사로잡힌다. 이 지방 대학의 도서관은 더욱 그러하다. 왜냐하면 로비 양면에 3층 천장 높이까지 책들이 가득 꽂혀 있기 때문이다. 고딕식 건축물에 들어온 것처럼 한껏 주눅이 들고 절로 숨이 막히게 된다. 이 수많은 책들을 언제 다 읽을 수 있을지를 헤아려보면 더욱 심정이 왜소해진다. 그것을 극복할 수 있는 시간은 오직 서가에서 책을 한 권 빼 들고 자리에 앉아 있을 때이다. 나를 의식하지 못하는 무위無爲의 상태가 선험적으로 두렵기도 하지만, 그 시간대가 가장 충만한 순간들로 채워지는 것이다.

근래에는 많은 사람들이 도서관 대신 커피 전문점이나 북카페 등을 이용하고 있다. 불특정 다수의 사람들이 수시로 드나드는 공간에서 커피를 마시며 책을 읽고 글을 쓰며 심지어는 업무를 보기도 한다. 일시적인 유행이나 경향으로 파악하기에는 이미 하나의 도시문화로 정착한 느낌이 든다. 그리고 앞으로도 이러한 문화는 지속될 것이다. 대부분의 도시인들은 더 이상 폐쇄적 공간을 선호

하지 않는다. 지나치게 고독해서거나 아니면 고독 자체를 선호하지 않기 때문이리라.

나도 몇 번인가 커피숍이나 북카페에서 책을 읽고 글을 써본 적이 있다. 그러한 개방된 분위기를 즐기는 편은 아니고 그때그때 절박한 필요에 의해서였다. 하지만 역시 집중력이 현저히 떨어진다. 사람들이 주고받는 대화부터, 수시로 문이 여닫히는 소리, 휴대폰 벨소리, 주문한 상품을 가져가라고 일일이 외치는 종업원(스타벅스의 경우), 무작위로 틀어대는 음악까지 한데 뒤섞여 아무래도 몰두의 상태까지는 이르지 못한다. 북카페는 그나마 사정이 나은 편이지만 커피숍에 비해 수가 적어 사정이 급할 때는 눈에 띄지 않는 경우가 많다. 그럴 때마다 내게는 여전히 도서관이 어울린다는 생각을 하게 된다. 때로 유령들의 간섭이 신경 쓰일 때도 있지만, 이제는 꽤 익숙해져 있는 상태이므로 방해가 되는 정도는 아니다.

비록 두 달 정도였지만 이 대학 도서관에 어느새 정이 든 것 같다. 떠나오던 날 나는 아침 일찍 일어나 짐을 챙겨 차에 실어놓고 빌린 책을 반납할 겸 도서관으로 갔다. 그리고 겨우내 앉아 있던 열람실 의자에 앉아 창밖을 내려다보았다. 호수의 눈은 이미 녹아 있었고 새 학기를 앞두고 속속 학교로 돌아오는 학생들의 모습이 보였다. 이제 그들에게 이 자리를 비켜줘야 하는 것이다.

학생 식당에서 식사를 하고 나와 나는 테이크아웃 커피를 마시며 도서관의 정경을 휴대폰 카메라에 저장해두었다. 그러자 내가 겨우내 이 도서관의 유령으로 살아왔다는 사실이 비로소 실감이 났다.

우체국
—제비들이 날아오고 날아가는 곳

실로 오랜만에 우체국에 다녀왔다. 10년 전쯤에 절판된 책의 개정판을 내는 과정에서 출판사로 최종 교정지를 보낼 일이 있었던 것이다. 우체국의 문을 열고 들어서는 순간, 나는 어쩐지 가출을 했다가 수년 만에 귀가한 기분이 들었다. 동네의 작은 우체국이었으므로 창구에는 두 명의 직원만이 앉아 있었다. 내 차례를 기다리는 동안 나는 자판기에서 밀크커피를 뽑아 마시며 새삼스럽게 우체국 안을 둘러보았다. 과거에는 이곳을 참 많이도 드나들었지. 하루 이틀이 멀다 하고 먼 곳에 사는 친구들에게 편지나 엽서를 보내기 위해서 말이다. 또 한때는 우표 수집 취미에 빠져 있었지. 나는 유리 출입문에 붙어 있는 빨간 제비 로고를 눈여겨보며 이런

저런 상념에 젖어 있었다.

농경사회에서 태어나 유년기를 시골에서 보낸 나는 좀처럼 우체국에 갈 기회가 없었다. 사실 그러한 곳이 있다는 것도 초등학교에 들어갈 무렵에야 알게 되었다. 다만 우체부가 가끔 집으로 찾아오곤 했는데, 베이지색 가죽 가방 안에서 편지를 꺼내 주고 늘 바삐 돌아가곤 했던 기억이 난다. 더러 끼니때에 우체부가 들르면 할머니는 부엌에서 간단히 상을 차려 마루로 내왔다. 그럴 때면 이 집 저 집, 혹은 이 마을 저 마을에서 생긴 일들이 두 사람 사이에 오가게 마련이었다. 나는 늘 들뜬 느낌에 빠져 그 얘기에 귀를 기울이곤 했다. 그러므로 농경사회에서 우체부는 단지 우편물을 수거하고 배달하는 사람이 아니라 뉴스 전달자로서의 역할을 겸하고 있었다. 따라서 그의 존재를 통해 폐쇄적인 소규모 공동체에 사는 사람들은 다른 세계의 소식을 접하면서 미지의 삶에 대한 막연한 그리움을 해소하고 세상 돌아가는 이치를 터득하는 행운을 누릴 수 있었다.

나는 가장 성스러운 직업 중의 하나가 아직도 우체부라고 생각한다. 박씨를 물고 날아오는 제비처럼 사람들에게 '소식(희로애락, 생로병사)'을 전해주는 존재이기 때문이다. 우체국을 상징하는 빨간 제비 로고는 곧 우체부를 뜻하는 기표이자 기의이기도 하다. 오늘날 그들은 대부분 오토바이를 이용하고 있지만, 그전에는 자전거를 이용했고 내가 어렸을 때는 그 먼 길들을 지도 제작자처럼 일일이 걸어서 다녔다. 말 그대로 눈비가 오거나 바람이 불거나 덥거나 추울 때도 한결같이.

유년기에 나는 상시적으로 그리움을 끌어안고 살 수밖에 없었는데, 우체부가 찾아올 때마다 가슴이 설레었던 기억이 아직도 선연하다. 그러나 나한테 배달되는 소식이 없었으므로 매번 낙담하여 들판 여기저기를 쏘다니다 어둠이 내릴 무렵에야 집으로 돌아오곤 했다. 일곱 살이 되어 초등학교에 들어가고 나서 나는 오일장에 가는 할머니를 따라 우체국에 처음 가보게 되었다. 조부는 당시 공주公州에서 고등학교를 다니고 있던 막내 삼촌에게 이따금씩 편지를 써 보내곤 했는데, 말하자면 그 편지를 부치기 위해 면소재지에 있는 우체국에 들러야 했던 것이다. 늦둥이로 태어난 막내 삼촌에게 조부모는 각별한 애정을 품고 있었다. 그럴 만한 것이 그는 머리가 비상해 공부는 물론이고 그 나이에 수준급의 클래식 기타 솜씨와 바둑 실력까지 갖추고 있었다. 게다가 시까지 쓰고 있었다. 놀라운 것은 이 모두를 독학으로 습득했다는 점이었다. 때문에 막내 삼촌의 얘기가 나올 때마다 나는 은근히 소외감과 박탈감을 느꼈으며 '얹혀살고 있다'는 자의식에 사로잡히곤 했다.

오일장이 서는 날이었으므로 우체국은 사람들로 북적거리고 있었다. 그 모든 사람들이 상기된 표정으로 누군가 그리운 사람에게 소식을 전하고 혹은 묻기 위해 우표에 침을 발라 봉투에 붙이고 이윽고 우편함에 집어 넣은 다음 총총 밖으로 나가는 것이었다. 그 모습들을 뒤에서 묵묵히 지켜보면서 나는 견디기 힘든 외로움을 느끼고 있었다. 또한 이때의 결핍감이 훗날 나로 하여금 편지를 아주 많이 쓰는 사람으로 만들어버렸다.

중학생 때 나는 처음 편지라는 걸 써보았다. 유일하게 친하게 지내던 같은 반 친구가 서울로 전학을 가게 되었고 이후 우리는 3년 동안 긴 편지를 주고받았다. 나는 거리에 설치돼 있는 우체통을 이용하는 대신 직접 우체국을 찾아가곤 했다. 그러고 싶었고 또 그래야만 안심이 되었다. 무엇보다도 우체국에 가는 게 좋았던 것이다. 그리고 귀가할 때마다 대문에 붙어 있는 우편함을 열어보면서 기대와 실망과 기다림 따위의 감정들을 체화시킬 수 있었다. 또래의 독일 학생과 펜팔을 한 것도 이 무렵이었다. 펜팔은 2년 가까이 이어졌는데, 고등학교에 들어가면서 어찌어찌 서로 소식이 끊기고 말았다. 아마도 언어상의 문제 때문이 아니었나 싶다. 그러나 이때의 경험은 오랜 세월이 흘러 내가 독일 여행 중에 그가 편지를 보내오던 지방을 기억하고 찾아가는 계기가 되었다. 그는 꿈에도 알 리 없었겠지만, 문득 그곳에 한번 가보고 싶었던 것이다. 고등학생이 되어 나는 전국의 많은 문우文友들을 알게 되었고 그들과 지속적으로 편지를 주고받았다. 그즈음 나는 편지를 쓰고 부치는 일을 일과로 삼다시피 하고 있었다. 광주에 사는 한 친구는 세로쓰기로 굳이 한자를 섞어 편지를 보내오곤 했는데, 나도 덩달아 그러한 의고체로 문답을 주고받았다. 어느 날 그는 가출을 해서 무작정 내가 살고 있는 대전으로 올라와 여관방에서 열흘을 지냈는데, 그동안 서로 주고받은 편지가 단서가 되어 찾아온 부모에게 끌려 내려간 다음 영영 소식이 두절되고 말았다. 또한 부산에서 주소를 들고 내 집까지 찾아와 며칠을 머물다 내려간 친구도 있었다. 이처럼 당시에는 서로 편지를 주고받으며 부산과 대구와 수원과 서울 등지를 서로 부산스럽게 오가며 치기 어린 우정을 나눴다. 이때의 아름다웠던 기억은 어쩔 수 없이 내가 글을 쓰고 작가가 되는 데 많은 암시와 영향을 주었다.

글쓰기에 지쳐 있거나 슬럼프에 빠져 있을 때 작가들은 대개 여행을 떠나곤 한다. 새로운 세계에 대한 경험이 필요하고 삶을 옥죄고 있는 일상에서 벗어나 객관적인 거리에서 자신을 돌아볼 기회를 갖기 위함이리라. 나 역시 여행을 많이 하는 편인데, 특별한 목적지 없이 그날그날의 일정을 정해놓지 않고 한 달이건 두 달이

건 혼자 바람처럼 떠돌다 슬그머니 제자리로 돌아오는 타입이다. 그렇듯 여행을 하다 우체국이 보이면 안으로 들어가 엽서를 사고 그 자리에서 몇 줄의 사연을 적어 지인들에게 보내기도 한다.

그러다 문득 오갈 데 없는 심정이 되어 우체국에 망연히 앉아 있을 때가 있었다. 마치 길을 잃고 날아온 한 마리 제비처럼. 하지만 낯선 곳에서 이방의 존재로 그렇게 막연히 앉아 있는 것을 나는 좋아했다. 이를테면 외로운 느낌보다는 달콤쌉싸래한 고독을 즐기고 있었지 않나 싶다. 또한 우체국을 드나드는 사람들의 모습을 눈여겨보면서 누구나 가슴에 그리움을 안고 살아가게 마련이라는 것을 확인하고 마음이 절로 누그러지는 경험을 할 수 있었다. 우체국에 앉아 있으면 누구도 타인처럼 보이지 않았고 그들 모두가 어디선가 날아오고 날아가는 제비들처럼 보이는 것이었다.

앞에서 언급했듯 1997년부터 지금까지 나와 편지와 엽서를 주고받는 독자가 있다. 그녀는 부산에 살고 있었는데, 어느 날 회사를 그만두고 혼자 여행을 떠났다. 동남아와 동유럽, 서유럽과 아프리카와 남미와 마지막에는 북유럽까지. 그녀는 그렇게 10년 정도 여행을 하며 살았는데, 도시를 옮겨 갈 때마다 내게 엽서를 부쳐왔다. 하지만 그녀가 보내오는 엽서를 받을 때는 미처 몰랐었다. 이국의 카페 테라스나 호텔방에서 혹은 우체국에 홀로 앉아 엽서를 쓰는 기분을. 그 시간에 느끼게 되는 외로움과 고독감을.

　제주도에 머물 때 나는 대정읍에 있는 영락리 갯바위로 자주 낚
시를 다녔다. 그곳에서 대물 참돔을 잡은 적이 있었으므로, 물때
가 같은 날이 돌아오면 차를 몰고 한라산을 넘어가곤 했다. 하지
만 그날은 파도와 너울이 심해 도저히 낚시를 할 수 없는 상황이
었다. 나는 일단 모슬포 읍내로 철수했다. 간단히 요기를 한 다음
집으로 돌아가거나 근처의 다른 포인트를 찾아볼 생각이었다. 그
러고 중국집에 들어가 자장면을 먹고 나오는데, 출입문 옆에 걸려
있는 흐릿한 거울 속으로 어쩐지 낯익은 사내의 얼굴이 어른거렸
다. 나는 화들짝 놀란 시늉을 하며 거울 앞으로 천천히 다가갔다.
바닷물에 젖은 낚시복을 입고 모자를 아무렇게나 눌러쓴 중년 사
내의 모습이 거기에 있었다. 수염은 길어 있었고 눈은 충혈돼 있
었으며 아무리 눈여겨봐도 전생에 글을 쓰던 사람으로는 보이지
않았다. 그러기는커녕 마치 죄를 짓고 쫓겨 다니는 사람처럼 불안
하고 초조한 몰골을 하고 있었다. 그 모습을 마주 보며 나는 그 누
구도 아닌 자신한테 버림받은 기분에 빠져버렸다.
　식당 밖으로 나와 거리에서 초라한 행색으로 담배를 피우고 있
자니 참담한 느낌은 더욱 심해졌다. 이럴 바에야 차라리 영락리

갯바위로 돌아가 바다에 뛰어드는 편이 나을 성싶었다. 그때 내 눈에 빨간 제비 로고가 박힌 출입문, 즉 우체국 건물이 들어왔다. 나는 그곳이 무슨 소도蘇塗라도 되는 양 급히 길을 건너 우체국 안으로 들어갔다. 평일 오후의 우체국 안은 한산했다. 이따금씩 사람들이 드나들긴 했으나 대체로 적막한 분위기에 가까웠다. 나는 되는 대로 엽서를 몇 장 구입해 대기용 의자에 앉아 일단 숨을 골랐다. 그 마당에 누군가에게 엽서를 쓸 마음 따위는 없었고 다만 피신처가 필요했을 따름이었다. 하지만 한 시간 가까이 앉아 있는 동안 나는 엽서를 쓰는 시늉이라도 하고 있어야만 했다. 그때 창구 여직원이 자리에서 일어나더니 이윽고 내게 조심스럽게 다가왔다. 꼴골이 이러하니 나가 달라고 하려나 보다. 그런데 뜻밖에도 여직원이 내게 자판기 커피를 내밀며 이렇게 말하는 것이었다.

"아까부터 긴가민가했는데, 글 쓰시는 분 맞으시죠? 무슨 낚시 통신인가 하는 책을 낸."

나는 커피를 받아 들고 내빼듯 우체국을 빠져나왔다. 그런 식으로 내 존재를 확인받는 게 심히 부끄럽고 또한 못마땅했던 것이다.

이런 일도 있었다. 2005년 봄에 프랑크푸르트 도서전 행사에 참석했을 당시의 일이었다. NH호텔에서 일주일을 머무는 동안 나는 아침마다 구시가지에 있는 뢰머광장을 지나 마인강을 산책하고 돌아오곤 했다. 그러던 어느 날 전날 호텔에서 쓴 엽서를 부치려고 우체국에 들어갔다가 나는 어딘가 낯익은 얼굴의 한국인 여성과 마주쳤다. 그리고 그녀가 먼저 나를 알아보았다. 그녀는 10년 전쯤 나와 인터뷰를 한 적이 있는 모 서점의 문학 담당 에디터였다. 그녀는 여전히 그곳에 근무하고 있다고 했다. 말하자면 같은 행사에 참석하기 위해 프랑크푸르트에 머물고 있는 중이었다. 그동안 그녀는 결혼을 해서 아이 둘의 엄마가 돼 있었고 날이 추워서 그런지 얼굴빛이 창백해 보였다. 그녀와 나는 우체국에서 나와 구시가지 광장 쪽으로 걸어갔다. 그날은 시장이 열리는 날이었으므로 광장은 사람들로 붐비고 있었다. 이동차에서 커피를 한 잔씩 사 들고 호텔로 돌아오며 그녀와 나는 인터뷰 방식으로 이런 얘기들을 나누고 있었다.

"우체국에서 만나니까, 왠지 더 반갑네요."

"그러게요. 마치 한 쌍의 제비가 되어 다시 만난 기분입니다."

제비요? 라고 되받으며 그녀가 웃었다.

"제주도에 계신다던데, 글은 잘되시나요?"

"곧 서울로 돌아갈 예정입니다. 이제 그럴 때가 된 것 같습니다."

"강남 갔던 제비가 돌아오는 식으로 말인가요?"

"네, 우체부 같은 작가가 되어 돌아가고 싶습니다. 사람들에게 삶의 온갖 희로애락과 생로병사의 비의를 전달해주는 존재가 돼서 말이죠. 그동안 깨달은 것이 있다면 이뿐입니다."

"……좋은데요?"

"뭐가요?"

"아뇨, 그냥요."

헤어지기 전에 나는 이런 말을 덧붙이고 있었다.

"다른 때라면 몰라도 저는 우체국에 앉아 있으면 내가 작가구나, 하는 사실을 새삼 자각하게 됩니다. 그곳은 수시로 제비들이 날아왔다 날아가는 곳이거든요. 이를테면 작가는 그 존재들의 얘기를 전해주는 우체부라는 생각이 듭니다. 맞는 건가요?"

그녀는 고개를 주억거리더니, 다시 웃어 보였다.

공중전화 부스

—저쪽 연못에서는 붕어가 알을 까고

나는 인생의 몇몇 중요한 순간들을 공중전화 부스에서 맞이했다. 우선 떠오르는 기억은 1990년 6월의 어느 날 오후 녘으로, 그날 나는 '문학사상사'로부터 내 단편소설이 신인문학상에 당선됐다는 소식을 전해 들었다. 전화를 걸어온 양반은 당시 편집부에 근무하고 있던 소설가 구효서 씨였다. 왜 전화를 했는지 아느냐고, 그는 특유의 다감하고 능청스러운 목소리로 물어왔다. 글쎄요, 라고 되받는 순간 내 몸이 먼저 반응하고 있었다. 가슴이 거칠게 뛰고 있었으므로 나는 그대로 침묵하고 있었다. 시간을 내서 곧 문학사상사에 들러 달라며 그는 뒤늦게 축하한다는 말을 전해왔다.

그즈음 나는 모 기업체의 홍보실에서 2년째 일하고 있었다. 전화가 걸려왔을 때 나는 월간으로 발행되는 사보社報에 실릴 기사를 쓰고 있던 중이었다. 통화를 끝낸 뒤에도 내 심장은 불규칙한 박동을 멈추지 않고 있었다. 더 이상 가만히 있을 수가 없어 나는 자리에서 일어나 화장실로 향했다. 그러다가, 이게 아니지 싶어 방향을 바꿔 건물 밖으로 빠져나갔다. 어느덧 여름이 다가와 있었고 후끈한 열기가 온몸을 감싸 안았다. 그리고 왜 그때 김춘수 선생의 「남천南天」이란 시가 떠올랐는지 모르겠다.

남천과 남천 사이 여름이 와서
붕어가 알을 깐다.
남천은 막 지고
내년 봄까지
눈이 아마 두 번은 내릴 거야 내릴 거야.

남천은 직역하면 '남쪽 하늘'이 되겠으나, 실은 매자나뭇과에 속하는 상록관목常綠灌木으로 여름에 꽃이 피고 가을에 붉은 열매를 맺는다. 이 '무의미의 시'를 읊조리며 나는 계단을 내려가면서 남쪽 하늘을 슬쩍 올려다보았다. 뚜껑이 열린 듯 하늘은 공허할 정도로 푸르고 깊고 맑았다. 지금부터 어디로 가야 하는 거지? 라고 자문하며 나는 아닌 게 아니라 남쪽으로 여행이나 다녀올까? 라는 되도 않는 생각에 빠져 있었다. 아무튼 어디를 가긴 가야겠기에 나는 현기증을 몰아내며 주위를 두리번거렸다. 마침 회사 앞마당 한쪽 구석에 설치돼 있는 하늘색 공중전화 부스가 눈에 들어왔다. 그래, 일단 저기부터 가보는 게 좋겠군.

그러나 내게는 급히 당선 소식을 알릴 만한 사람이 없었다. 중학교 시절부터 소설을 써온 이래 부모를 포함한 그 누구도 내가 소설가로 입신하는 것을 원한 사람은 없었기 때문이었다. 지독한 외로움을 느끼며 나는 공중전화 부스 안에서 땀을 흘리며 한참을 서 있었다. 그때 나는 스물아홉 살이었고 늘 수면 부족에 시달리는 삶을 살고 있었으며 언제든 회사를 그만둘 생각을 가지고 있었다. 그렇다면 지금이 바로 그때가 아닐까? 라고 되뇌며 나는 조만간 사표를 제출하기로 했다. 그러자니 내가 정말 소설가가 되었다는 실감이 들었다. 부르르 진저리를 치고 난 뒤, 나는 그 무더운 공중전화 부스 안에서 내 운명이 시시각각 변하고 있음을 뚜렷이 자각하고 있었다. 그때 누군가 부스 앞을 지나가면서, 윤대녕 씨, 왜 거기 서 있어요? 뭐, 안 좋은 일이라도 있는 건가요? 라고 물어와 정신을 차리고 보니 디자인실에 근무하는 입사 동기 여성이었다.

글쎄, 왜 그럴까요? 라고 반문하려다 나는 우정 심각한 표정을 짓고 곧 사표를 내야 될지도 모르겠다는 말을 내뱉고 말았다.

그녀는 놀란 듯 멈춰 서 있다가, 나를 휴게실로 데려갔다. 그러고는 커피 두 잔을 가져와 내 앞에 마주 앉더니 이윽고 사려 깊은 얼굴로 물어왔다. 나는 입이 근질거려 참을 수가 없었다. 신중하지 못한 짓이라는 것을 알고 있으면서도 나는 자제할 방법을 찾지 못해, 그녀에게 기어이 구효서 씨와 통화한 내용을 발설하고 말았다. 오, 그래요? 그거 잘됐네요. 축하해요. 그러고 나서 잠깐의 침묵이 흘렀다. 이어 그녀가 다시 입을 열었다. 그렇지만 회사를 당장 그만두면 앞으로 어떻게 살아갈 생각이지요? 그건 복권에 당첨된 것하고는 성격이 다른 일이잖아요. 그녀는 진심 어린 표정으로 그렇게 말하더니, 1년 정도 경과를 지켜본 다음 결정하는 게 좋지 않겠느냐고 충고했다(그로부터 1년 뒤에 나는 주위의 거듭된 만류를 뿌리치고 회사를 그만두었다).

퇴근을 한 뒤 나는 지하철을 타고 광화문으로 나갔다. 광화문으로 간 이유는 이렇다. 고등학교 2학년 때, 『학생중앙』이라는 잡지에서 공모한 문학상에 응모한 소설이 당선돼 시상식에 참석하기 위해 서울에 올라온 적이 있었다. 시상식 전날 서울에 도착한 나는 그해 봄에 준공된 세종문화회관을 구경하고 싶어 광화문부터 찾았다. 그리고 밤늦게까지 공연장 입구 계단에 앉아 있었던 기억이 그날 떠올랐던 것이다.

나는 광화문 근처에서 혼자 저녁을 먹고 맥주를 마시고 1978년 가을의 어느 날과 똑같이 세종문화회관 계단에 밤늦게까지 앉아 세종로 거리를 내려다보며 다가올 미래를 생각하고 있었다. 그러다 아홉 시쯤 공중전화 부스에서 어머니에게 전화를 걸어 소설가가 되었다는 사실을 알렸다. 잠에서 깨어난 목소리로 어머니는 그러냐? 라며 무덤덤하게 되받고 나서 아니나 다를까, 그렇다고 회사를 그만두는 건 아니겠지? 라고 확인 조로 물어왔다. 나는 걷잡을 수 없는 쓸쓸함에 사로잡혔다. 역시 어머니조차 소설가가 된 것을 축하해주지 않는 것이다. 그래서 앞으로의 삶은 스스로 보상을 받아가며 살아갈 수밖에 없으리라는 것을 뼈저리게 깨달았다. 다름 아닌 밤의 공중전화 부스 안에서 말이다. 지금도 가끔 광화문에 나가게 되면 그날의 기억이 선명하게 떠오르곤 한다.

여기서 잠깐 다른 이야기로 넘어간다. 「영화관—「뻐꾸기 둥지 위로 날아간 새」의 시절」이 문예지에 실렸을 때 어느 독자가 '그 글의 마지막 장면에 등장한 여자와는 그 후 어떻게 되었나요?'라고 내게 물어온 적이 있다. 그때는 그저 모면하는 투로 웃어넘기고 말았는데, 이참에 마저 밝히기로 한다.

그 후 그녀와는 본격적으로 연애를 시작했으며, 나는 한순간 맨홀에 발을 헛디딘 것처럼 덜컥 사랑에 빠지고 말았다. 애초에 원하던 바는 아니었으나(왜냐하면 사랑이란 미신에 사로잡히는 현상과 정확히 일치하기 때문이다) 이미 돌이킬 수 없는 지경에 이르렀다는 것을 알고 나는 뒤늦게 블랙홀에서 빠져나오기 위해 안간힘을 다했다. 그러기 위해 쉽게 선택할 수 있는 방법은 알다시피 떠나는 것이었다. 하루하루가 고단하기 짝이 없을뿐더러 아침마다 눈을 뜨는 것조차 못마땅할 지경이었다. 말해 무엇하랴만 글쓰는 일은 폐업 상태나 다름없었다. 무엇보다도 내게는 휴식이 필요했다. 그래서 나는 멀찌감치 유럽으로 떠나기로 결심했다. 떠나있는 동안 저절로 관계가 소원해지기를 바라면서. 그녀는 어느 모로 보나 내게는 분에 넘치는 사람이었고 주위의 사람들도 이구동성으로 그렇게 말했다. 그러니 내가 힘들 수밖에 없었던 것이다. 하지만 정작 당사자인 그녀는 그러한 사실을 전혀 모르고 있었다. 그녀 역시 나라기보다는 사랑이라는 미신에 사로잡혀 있었으니까(훗날 그녀도 한숨을 내쉬며 과연 그랬던 것 같다고 인정했다).

유럽으로 떠나기 전날 그녀와 나는 평소에 자주 들르던 홍익대 근처에 있는 '소더비'(지금은 고깃집으로 변했다)라는 스탠드바에서 만났다. 그녀도 직감적으로 알고 있었다. 내가 이제 자신을 떠나려 한다는 것을. 그녀는 평소와 다름없이 하얀 샴고양이 같은 차가운 모습으로 웅크리고 앉아 테킬라 잔에 묻은 소금을 핥아 먹으며 이렇게 말하는 것이었다. 꽤나 힘든 모양이네요? 나 때문에 그동안 글도 못 쓰고. 그렇죠? 가세요. 하지만 다시는 돌아오지 마시고요. 아시겠죠?

그녀와 헤어져 집으로 돌아온 직후 전화가 걸려왔다(휴대폰 따위는 존재하지 않던 시절이었다). 하지만 상대는 한참을 아무 말도 없이 도사리고 있다가, 그대로 전화를 끊어버렸다. 그녀에게서 걸려온 전화라는 걸 나는 알고 있었다.

그런데 런던 히드로 공항에 내릴 때부터 우울증이 시작되고 있었다. 유럽의 겨울은 비가 자주 내렸고 어디를 가도 사람들은 서로 약속이나 한 듯 좀비 같은 얼굴을 하고 있었다. 런던에 머무는 동안 나는 밤마다 술이나 마셔대고 있었다. 그리고 암스테르담에 도착해서는 곧장 하이네켄 공장을 찾아가 대낮부터 무료 시음 맥주를 퍼마시고 있었다. 그리고 쳇 베이커가 뛰어내려 자살한 호텔 주변을 어슬렁거리며 뜬금없이 카프카의 「판결」을 떠올린다거나 어둑한 카페 테라스에 앉아 콩알만 한 우박들이 맹렬하게 쏟아져 내리는 거리를 내다보며 시를 써보기도 하는 등 아무 연관성이 없는 시간들을 보내고 있었다. 또 베를린에서는 종일 동물원을 서성이다 유리로 된 우리 속에 갇혀 있는 고릴라와 눈이 마주쳐 제풀에 기함을 하기도 했다. 이를테면 상태가 점점 나빠지고 있었던 것이다.

프라하로 가는 기차에서 나는 심한 고열에 시달리고 있었다. 프라하에 머무는 동안에도 나는 계속 앓고 있었고, 그런데도 밤이 되면 카페의 흐린 거울 앞에 앉아 혼자 술을 마시고 있었다. 이러다 사람이 아주 못쓰게 돼버리는 것은 아닌가 싶어, 나는 또 떠나기로 하고 부다페스트로 옮겨 갔다. 그것은 다시 재앙이 시작되려는 전조였다. 부다페스트의 밤거리는 그 어느 유럽의 도시보다 극심한 우울증을 부추겼다. 비는 더욱 자주 내렸고 배수 시설이 좋지 않은지 도로에는 늘 더러운 물이 고여 있었다. 그런 데다 어디든 윤락녀들이 그 추운 날씨에 핫팬츠 차림으로 거리를 유령처럼 떠돌고 있었다. 단기 임대한 아파트에 누워 나는 병든 고릴라처럼 변해가고 있었다. 결국 「아라비아의 로렌스」라는 영화 한 편 때문에 이 꼴이 된 걸까? 라는 허황된 생각에 사로잡혀 나는 무병巫病을 앓듯 내내 헛소리를 내뱉고 있었다.

그러던 어느 날 거실에 놓여 있는 전화기의 벨이 울렸다. 집주인인가 싶어 나는 병든 몸을 이끌고 거실로 나가 가까스로 수화기를 집어 들었다. 하지만 전화를 걸어온 사람은 아무 말도 없이 이쪽의 상태만 염탐하고 있었다. 희미하게 숨소리가 감지됐지만 상대는 끝내 입을 열지 않았다. 그녀인가? 하지만 그럴 리가 없었다. 그녀는 지금 내가 어느 나라에 있는지조차 모르고 있었다. 아마 북극이나 남극에 가 있다고 짐작하겠지.

나는 수화기를 내려놓고 방으로 들어가 옷을 갈아입었다. 그리고 우산을 챙겨 들고 비틀비틀 밖으로 나갔다. 밖에는 비가 아닌 눈이 내리고 있었다. 나는 공중전화를 찾기 위해 유령들 사이를 헤집고 걸어갔다. 돌아보니 그새 한국을 떠나온 지 두 달이 돼가고 있었다. 전화를 받은 그녀는 줄곧 입을 다물고 있었다. 동전이 떨어져가고 있었으므로 나는 더듬거리며 그녀에게 입국 허가를 요청했다. 나는 그렇게 자진하여 돌아갈 절차를 밟고 있었다. 만약 입국이 허용되는 경우 다시는 출국이 불가능하겠지. 동전이 다 떨어져갈 즈음 그녀가 '오랜만에 광화문에 있는 삼전초밥으로 같이 저녁 먹으러 가고 싶으니까, 어서 돌아오세요'라는 말을 남기고 깔끔하게 전화를 끊었다. 그런데 그 순간 왜 또 김춘수 선생의 「남천」이란 시가 난데없이 떠올랐던 것일까? 한겨울의 부다페스트에서 말이다. 참으로 수수께끼 같은 일이지 않은가.

나는 어느덧 중년 부인이 된 샴고양이와 함께 만날 지지고 볶고

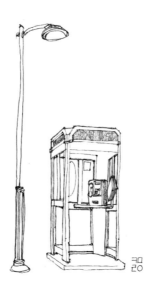

삶고 데치며 하루하루를 힘겹게 살아가고 있다. 남들은 어떤지 모르지만, 나는 이렇듯 공중전화 부스에서 두 번이나 반전을 거듭한 인생을 살아가고 있는 것이다. 부스booth란 '작은 공간'임을 뜻하는바, 그 어항처럼 비좁은 곳이 내게는 인생 역전(까지는 아니더라도 분명 다시 태어난)의 모태 공간으로 작용했던 셈이다. 요즘은 공중전화를 사용할 일이 없어져, 어쩌다 거리에 남아 있는 공중전화 부스를 발견하게 되면 세월이 참 유수 같구나, 나도 그새 나이를 참 많이도 먹었구나, 하고 노인이 된 듯한 심정에 사로잡히곤 한다.

이만 줄이고, 아래에 여담 한마디를 덧붙이며 글을 맺어야겠다.

사춘기 무렵이었을 것이다. 어느 여름날 마루에 앉아 수박을 쪼개 먹다가 어머니가 내게 이런 얘기를 들려주었다.

"우리 집 정원 연못가에 초여름부터 노란색이 섞인 하얀 꽃들이 흐드러지게 피는 나무가 몇 그루 있었더니라. 가을이면 빨간 열매를 맺는데, 해수 천식에 좋다 하여 말려뒀다가 겨우내 달여 먹곤 했지. 네 생일이 양력으로는 6월인 거 알지? 그해 여름은 일찍 찾아와 연못가의 꽃들도 서둘러 피더니 네가 백일이 될 즈음까지 줄곧 피어 있었더니라."

'우리 집'이란 내가 태어난 시골집을 뜻한다. 그리고 나의 어머니는 여전히 해수, 천식을 지병으로 달고 산다.

"그런데 말이다. 막상 그 나무의 이름을 이 에미는 오랫동안 몰랐더니라. 그런데 아주 나중에야 문득 생각이 나서 네 아버지한테 물어봤더니, 남천이라 하더구나. 그래, 남천. 한자로는 어떻게 쓰는지 네 아버지도 모르더라만."

부모가 도회지로 분가한 뒤에도 나는 몇 년을 더 그 집에서 살았다. 그리고 해마다 여름이 되면 연못 속에는 금붕어인지 잉어인지 모를 붉은 등의 물고기들이 저마다 물주름을 끌고 고요히 떠다니곤 하는 것이었다.

병원

—그래, 이제 좀 웬만하오?

올해는 초봄부터 병원 나들이가 잦은 편이다. 살다 보면 그런 때가 있는 거지, 하면서도 병원에 갈 때마다 따분하고 울적해지는 기분을 좀처럼 떨쳐버리기가 힘들다. 병원 대기실에 앉아 진료 순서를 기다리고 있노라면 피할 수 없이 생물학적인 나이를 자각하게 되고 평소에는 잊고 지내던 내 몸의 부실한 부위들을 떠올리게 된다. 대기실에 모여 있는 사람(환자)들의 표정도 한결같다. 그들의 얼굴이 곧 내 얼굴인 것이다. 게다가 의사 앞에서 환자는 제풀에 피의자 신분으로 전락한 느낌을 받게 된다. 아닌 게 아니라 간혹 검사자연하는 의사들이 존재하기도 한다. 그때마다 나는 어리석게도 이런 말을 내뱉곤 한다. 그 순간부터 수준 높은 의료 서비

스는 기대할 수 없게 되는데도 말이다.

"피차 초면일 텐데, 왜 굳이 반말을 쓰십니까?"

"!……"

"과인이 대체 누군지 알고 함부로 하대를 하느냐 그런 말이외다."

이러니 진료가 원활하게 진행될 리 없고 의사의 태도는 더욱 경직된다. 심지어는 진료가 끝나고 나서 이렇게 물어오는 순진한 의사도 있다.

"혹시, 누구십니까?"

"누구라니요?"

그는 내가 민간 의료시찰을 위해 암행 중인 어사라도 되는 줄 아나 보다. 이쯤 되면 더 이상 대꾸할 가치가 없다고 생각해 진료실 밖으로 나와버리고 말지만, 아무튼 상대가 누가 됐든 대뜸 반말을 듣게 되면 곧 인격이 불안해진다. 안 그래도 심정이 여의치 않은 상태에서 말이다.

3월 첫째 주 토요일에 산에 갔다 내려오다가 돌부리에 걸려 넘어져 오른손 가운뎃손가락 마디가 뚝!(귀에 들려왔다) 하고 부러졌다. 다리에 힘이 풀려 있었겠지. 곧바로 병원에 가서 엑스레이를 찍고 의사와 마주 앉았다. 의사는 컴퓨터 모니터를 가리키며 보이죠?라고 반문 조로 묻더니 당장 수술을 하지 않으면 기능을 상실할 가능성이 농후하다고 말했다. 나는 수술대 위에 올라가 누워 실시간으로 중계되는 동영상을 통해 내 손가락에 와 박히는 철심(핀)들을 노려보고 있었다. 그러자니, 유년에 못 다 흘리고 남은 눈물처럼 불현듯 가슴이 미어져오는 것이었다. 나이가 들어 마음이 약해진 탓이겠지.

피아니스트만큼은 아니더라도 소설가에게 손가락은 그 자체가 곧 연장이며 절대적인 생존 도구이다. 이를테면 농부의 삽과 괭이, 일식집 요리사의 회칼, 미용사의 가위와 같을 수밖에 없다. 수술이 끝나고 나서 의사는 재수 없게(라고 그는 말했다) 마디가 부러졌으므로 완전한 상태로의 회복은 불가능하다고 재차 말했다.

이후 일주일에 두어 번씩 두 달간 통원치료를 받고 나서야 철심을 제거했다. 그동안 겪어야 했던 일상적인 불편함을 시시콜콜 얘기하고 싶지는 않다. 다만 운동을 못하게 되면서 우울증 증세가 도지더니 길게 이어지고 있다. 문제는 거기서 일단락된 것이 아니라 기나긴 물리치료 기간이 또 기다리고 있었던 것이다. 역시 원상태로 회복될 기미는 보이지 않는다. 사실은 이미 포기한 상태라고 할 수 있다. 아침에 깨어나면 수술을 받은 가운뎃손가락이 제대로 구부러지지 않는다. 시간이 어느 정도 지나야만 그런대로 작동이 가능해지는 것이다. 그래도 이나마 글을 쓸 수 있다는 것이 어디인가? 하고 생각하기로 한다. 기회가 되면 의사에게도 한 번쯤 고맙다는 말을 해야겠다는 생각도 든다. 어쩌니 저쩌니 해도 고마운 건 고마운 것이다.

여기까지는 우리가 알고 있는 일반적인 병원의 기능이다. 다치거나 아프면 찾아가 치료를 받는 곳 말이다. 병원을 두고 군이 푸코의 말을 빌려 감옥이나 학교와 마찬가지로 감시와 감독과 처벌이 행해지는 권력 시스템이라는 말까지 하고 싶지는 않다. 또한 생명 연장을 담보로 환자와 그 가족의 삶을 지속적으로 압박하는 현대 의료 시스템 문제를 들춰내고 싶지도 않다. 나는 병원이 꼭 필요한 곳이라고 생각하는 평범한 의료 소비자의 한 사람에 불과하다. 가령, 내 손가락 수술을 담당했던 정형외과 의사가 아니었더라면 나는 우아함과는 거리가 먼 '독수리 타법'을 새로 익혀야만 했을 것이다. 병원 혹은 의사는 환자 자신의 스타일과 윤리 기준에 맞춰 소비하면 그뿐인 것이다.

한편, 병원은 병(환자)만 다루는 것이 아니라, 탄생과 소멸에 직접적으로 관여한다. 며칠 전 나는 평소 가깝게 지내는 부부가 아이를 출산해 내자와 함께 꽃다발을 사 들고 병원에 다녀왔다. 이

들 부부에게는 가슴 아픈 사연이 있었다. 수년 전 첫아이를 생산하는 과정에서 산모가 자연분만을 고수하다 실패해 급히 제왕절개 수술로 전환했는데, 결과적으로 아이는 뇌성마비 상태로 태어났다. 여기에 의사의 판단 착오나 실수가 개입돼 있었는지는 알 길이 없다. 이들 부부는 그 자체를 운명으로 받아들이고 재활치료를 위해 아이를 일주일에 서너 번씩 전문 치료기관에 데리고 다녔다. 옆에서 봐도 눈물겨울 정도로 지극한 일이었다. 그럼에도 불구하고 아이는 다섯 살 되던 해 잠을 자다 그만 숨을 놓고 말았다. 이들 부부가 마음에 얼마나 커다란 상처를 받았을지는 신神조차도 알 길이 없으리라. 안다면 그토록 잔인한 짓을 저지르지는 않았을 터이므로. 그러니 손가락 하나가 부러진 것쯤은 이들 부부가 겪은 고통에 비하면 먼지 한 점의 무게도 되지 않는 것이다.

그 후 2년쯤 지나 이들 부부는 다시 기적적으로 아이를 얻게 되었다. 물론 제왕절개를 해야만 했고 노산의 고통으로 산모는 무척 힘들어하고 있었다. 하지만 얼마나 잘된 일인가. 사랑으로 받은 상처는 사랑으로 치유할 수밖에 없다(일종의 동종요법)는 말이 있듯이, 다시 아이를 얻게 된 이들의 모습이 어쩐지 거룩해 보이기까지 했다. 그리고 그 일을 맡아준 병원과 의사에게 새삼스럽게 고마운 마음을 갖지 않을 수 없었다. 당사자인 이들 부부도 아마 그렇게 생각하리라. 비록 오래전의 일이지만 내 누님도 극구 자연분만을 유도하다 첫아이를 사산하게 되었는데, 이후 다시 아이를 갖게 되자 의사와 간호사들에게 꽃다발과 선물을 돌리는 장면을 목격하고 나는 내심 놀란 적이 있다.

그날 병원에서 나와 주차장으로 내려가는 길에 나는 장례식장 앞을 지나게 되었다. 입구에는 검은 상복을 입은 사람들이 나와 피로한 얼굴로 담배를 피우고 있었다. 무슨 말이 하고 싶냐면, 산부인과 입원실이 속해 있는 건물 옆에 바로 장례식장이 있었던 것이다. 종합병원의 구조가 대개 그렇지, 라고 말할 수도 있겠지만 순간 나는 병원이라는 곳이 탄생과 소멸을 동시에 관리하고 운영하는 지극히 자본주의적 공간이라는 것을 새삼스럽게 깨달았다.

나이가 들어가면서 생긴 변화 중의 하나는 결혼식장보다는 장례식장에 가는 비중이 확실히 커졌다는 것이다. 고인은 대개 지인의 부모 세대에 속하지만, 이제는 꼭 그렇지도 않은 게 몇 살 터울의 선배나 심지어는 또래인 경우도 없지 않다. 여기서 두고두고 마음에 걸리는 죽음 하나를 고백하고자 한다. 수년 전에 나는 「낙타 주머니」(2005년)라는 단편소설을 모 문예지에 발표한 적이 있었다. 처음부터 쓰자고 해서 쓴 것은 아니었다. 하지만 쓰지 않으면 정말이지 죽을 때까지 마음에 돌부리처럼 남아 있을 것 같았다. 그래서 이미 고인이 된 친구에게 편지를 띄우는 형식으로 소설을 쓰게 되었고(할 수 있는 일이 이것밖에 없었다), 쓰고 나니 이후 조금은 마음이 편해진 게 사실이다. 그러니까 지금으로부터 12년 전(2002년 여름)에 이런 일이 있었다.

문예지에서 청탁받은 소설 마감이 가까워져 나는 속초로 가기 위해 짐을 꾸리고 있었다. 와중에 전화벨이 울렸으나 나는 당장 떠나야 했으므로 받지 않았다. 이어 내가 녹음해놓은 자동응답기의 메시지가 흘러나오고 나서, 한참 뒤에 상대의 목소리가 희미하게 들려왔다.

"……윤 형, 난데, 그냥 한번 보고 싶어서, 전화해봤습니다."

그리고 무슨 말인가를 더 할 듯하더니, 그대로 전화가 끊어졌다. 그러므로 나는 그의 목소리가 녹음되는 현장에 있으면서도 고의로 전화를 받지 않았던 것이다. 나중에 다녀와서 전화하지 뭐, 라는 정도의 자기중심적인 생각만 하고 있었다. 그런 데다 그는 평소에 나와 가깝게 지내는 친구도 아니었다. 서로 깍듯하게 존댓말을 쓰는 관계였고 1년에 두어 번 만날까 싶은 정도의 사이였다. 하지만 그때 전화를 받지 않은 것이 두고두고 마음의 짐이 될 줄 내 어찌 알았겠는가.

속초에서 보름을 지내고 돌아온 후에야 나는 뒤늦게 그의 부음을 들었다. 나는 깊은 충격에 사로잡혔다. 날짜를 계산해보니 내가 속초로 떠난 지 불과 일주일 후에 그가 세상을 떠난 것이었다. 그가 내게 전화를 걸고 녹음을 남겼을 공간은 아마도 병원 중환자실이었을 터였다. 그는 나와 동갑내기였으므로 너무 일찍 세상을 떠난 셈이었다. 나는 남몰래 오랫동안 괴로워했다. 적어도 「낙타 주머니」를 쓰기로 결심을 하기 전까지는 거의 매일 그가 남긴 마지막 음성이 귓가를 떠나지 않았다. 그 소설을 쓰기로 마음먹은 동기도 어느 날 술자리에서 평소 가깝게 지내는 신문사 기자가 '그렇다면 그 친구에게 자네의 마음을 고백해보는 건 어때?'라는 조언을 해주었기 때문이었다.

아무리 소설가라 할지라도(아니, 소설가이기 때문에 더욱) 고인에 대해 언급하는 것은 극히 조심해야 한다는 게 평소의 내 생각이다. 때문에 그 생각을 위반하기로 마음먹을 때까지 또 많은 시간이 흘렀다. 그리고 2005년 제주도 생활을 정리하고 올라온 이후에야 나는 비로소 그와 나에 대한 글을 쓸 수 있었다. 나는 평론가나 기자의 말을 깊이 새겨듣는 타입은 아니지만, 그때 술자리에서 내게 그렇게 귀띔해주었던 기자에게는 지금도 고맙다는 말을 전하고 싶다. 무슨 뜻이냐면 「낙타 주머니」를 쓰고 나서 고인이 된 그 친구와 마침내 작별할 수 있었다는 뜻이다(소설가의 운명이란 또한 이런 것인가).

　아직도 가끔 죽음을 목전에 둔 그가 홀로 누워 있었을 병원(병실)을 떠올리게 된다. 하얀 벽, 차디찬 공기, 누군가 사 온 음료수 캔, 먹지도 못할 과일, 속세의 모든 것을 오늘도 낱낱이 중계하고 있는 텔레비전, 빈 주전자, 수시로 복도에서 사라져가고 있는 발자국 소리들, 밤이면 들려오는 냉장고 소리, 연결되지 않는 전화……, 자동응답기에 남기는 자신의 낯선 목소리. 이렇듯 죽음은 철저히 혼자인 것을.

　병원은 우리가 저마다 고유한 생산 날짜와 유효기간을 가진 육신의 옷을 빌려 입고 살아가고 있음을 그때마다 명료하게 깨닫게 해준다. 그 옷이 헐거나 찢어지면 찾아가게 되는 곳이 바로 병원이며, 그 이전에 그 몸을 받는 곳도, 마침내 그 옷을 벗어던지는 곳 또한 지금은 집이 아닌 병원이 그 역할을 담당하고 있다. 그러므로 병원은 우리네 삶을 유물론적으로 축소해놓은 아비규환의 성스런 감옥이라 하지 않을 수 없다. 그렇다는 사실을 너무나 잘 알고 있었기에, 카프카는 평생의 친구였던 막스 브로트에게 임종 직전 이런 말을 남겼던 것이 아닐까?

　"이제, 여기(병실)서 그만 나가주겠나? 자네가 안 나가면 내가 나가겠네."

카프카가 아닌 나는 다음과 같은 방식으로 그 친구와 뒤늦게 작별을 완성했다.

"이봐, 잘 있는 건가? 별들이 무수히 깔려 있는 하늘 어딘가에 오늘도 잘 계신가? 거기도 때 되면 기러기 떼 날고 눈 내리나? 우리 곧 또 만남세. 먹고 싶은 거 있으면 지금 얘기해. 그때 가져가리. 저번에 들러 물어보니 청진동 해장국 포장도 해준다더라. 우리 뜨거운 해장국 나눠 먹으며 맑은 하늘가에 나란히 붙어 앉아 그때 못한 낚시 한판 하세. 거기도 붕어 있지? 그럼, 오늘은 이만 끊으이. 아 참, 낙타 주머니는 여태 잘 가지고 있으니 염려 말게. 거 왜 있잖아, 낙타 가방 말이야."

광장
—「어디서 무엇이 되어 다시 만나랴」

내가 가장 좋아하는 소설 제목 중의 하나는 파트릭 모디아노의 '서커스가 지나간다'이다. 물론 '어두운 상점들의 거리'를 더 아름다운 제목으로 기억하는 사람들도 있을 것이다. 나 역시『서커스가 지나간다』를 읽기 전까지는 오랫동안 그랬다. 존재의 기원과 삶의 정체성을 찾아가는『어두운 상점들의 거리』는 제목만으로도 두고두고 아득한 울림을 가져다주기 때문이다. 한편『서커스가 지나간다』는 보다 세련되고 은유적이며 꿈으로 환원되는 삶의 본질까지 꿰뚫고 있다. 알거나 짐작하겠지만 이 소설에는 서커스가 등장하지 않는다. 다만 삶을 '서커스'에 비유하고 있을 따름이다.

아래는 저자가『엘르』와 인터뷰한 내용 중 일부이다.

이 책의 제목은 나의 어릴 적 추억에서 찾아낸 것이다. 나는 어렸을 때에 서커스에 대해서 공포증을 갖고 있었다. 그것은 물론 타고난 것은 아니다. 나는 집시들에게 유괴되어서 양부모에게 맡겨졌다고 믿고 있었다. 여덟 살 때, 나는 누군가의 손에 이끌려서 「세계라는 거대한 서커스의 천막 아래서」라는 영화를 보았는데, 몹시 무서웠다. 아주 잔인하고 끔찍한 줄거리였다. 내 또래의 어린아이들은 대부분 서커스 단원들이 신속하게 천막을 쳤다가 새벽녘에 흔적도 없이 사라져버리는 것을 보면서 몹시도 두려워했었다.

나 역시 어렸을 때 커다란 천막 안에 앉아 서커스를 본 기억이 있다. 그것도 여러 번. 또한 어두운 천막 속에서 영화를 본 적도 있다. 일종의 이동 영화관이었던 셈인데, 다음 날이 되면 감쪽같이 사라져버린 것을 알고 아닌 게 아니라 두렵고 망연한 느낌을 받았었다. 그 자리에는 커다란 공터만이 남아 있었으니 말이다.

천막은 유동적이며 임시적인 공간이다. 포장마차가 그러하고 이동 시장과 가설무대 또한 마찬가지다. 이렇듯 공간은 언제나 덧없음을 내포하고 있다. 말했듯 그것이 사라지고 나면 거기에 빈자리만 남기 때문이다. 그와는 반대로 고착적이며 완강하게 은폐된 공간들도 있다. 화장실, 욕실, 모텔 등이 그러하다. 이들은 철저히 사적인 공간이며 특히 화장실과 욕실은 그 누구의 출입도 허용되지 않는다. 비록 오래전의 일이기는 하나 기업체에서 직장 생활을 할 당시 나는 극심한 피로감을 느끼거나 표정 관리가 안 될 때 화장실에 들어가 있곤 했다. 심지어는 거기서 짧게 잠을 자는 경우도 있었다. 욕실에서도 나는 잠을 잔다. 가끔 반신욕을 하는 습관이 있는데, 곧잘 잠이 들곤 하는 것이다. 모텔의 경우도 나는 일인용으로 자주 사용했다. 글을 쓰러 다니는 와중에 어쩔 수 없이 그곳을 이용하기도 했지만, 단지 혼자 있고 싶어서 차를 몰고 가다 불쑥 체크인을 하고 들어가 몇 시간씩 잠을 잔 뒤 샤워를 하고 나오곤 했다. 모텔은 사실 화장실과 욕실에 비해 더욱 은폐된 공간이다. 그곳에 들어가면 예외 없이 부화장에 들어온 듯한 느낌을 받게 된다. 닭이 알을 낳는 창고나 헛간(모태 공간)처럼 어둑하기 때문이리라. 그러므로 잠을 자기에는 안성맞춤인 것이다. 그러나 나는 사실 은폐된 공간을 그다지 좋아하지 않는다. 때로 사적인 편안함과 안식을 제공받긴 하지만 체질적으로 오래 견디지를 못한다. 하물며 집도 마찬가지다. '들어가 사는 기계'인 아파트는 더욱 그렇다. 때문에 나는 집(아파트에 살고 있다)에 들어가면 우선 창문을 개방하고 그것도 답답하다 싶으면 베란다에 나가 의자에 앉아 있곤 한다. 그곳은 밖을 내다볼 수 있다는 의미에서, 또한 안과 밖의 경계에 위치한다는 의미에서 반半공간이라 부를 수 있다.

유리의 발견이 공간의 혁명적인 변화와 확장을 가져왔듯 나는 커피숍에 들어갈 때도 늘 두리번거리며 통유리창 옆의 자리를 찾는다(대개의 사람들이 그렇다).

테라스와 데크도 반공간에 속한다. 그곳은 공간에 속해 있되 언제나 장소를 포함하고 있기 때문이다. 내가 가장 좋아하는 공간이 바로 유리조차 필요 없는 테라스와 데크이다. 불과 20년 전만 해도 우리의 도시 건축 문화에서 테라스와 데크, 즉 반공간은 존재하지 않았다. 만약 우리 문화에서 그런 공간이 존재한다면 한옥 구조에서의 마루가 여기에 해당될 것이다. 하지만 도시 건축물에서는 이러한 마루에 해당되는 공간조차 존재하지 않는다.

유럽을 여행하면서 내가 가장 부러웠던 것이 바로 테라스와 데크였다. 카페든 음식점이든 술집이든 거의 대부분의 건물이 테라스와 데크를 포함하고 있었다. 알다시피 유럽의 도시 구조는 방사형의 형태를 갖추고 있다. 광장을 중심으로 둥그렇게 건물들이 배열돼 있고 테라스와 데크를 통해 열린 공간, 즉 광장과 연결돼 있는 것이다. 이는 고대 로마시대부터 시민을 관리, 감독하기 위해 설계된 도시 형태였을 것이다. 그러나 결과적으로 광장은 사람들이 분주하게 오가는 집합적 공론의 장이 되었다. 10여 년 전 파리에서 몇 개월 체류할 당시, 나는 카페 테라스에 앉아 있다가 아주 뜻밖의 경험을 하게 되었다. 한국인으로 보이는 한 젊은 여성이 저쪽에서부터 멈칫멈칫 다가오더니 내게 알은체를 하는 것이었다. 그녀는 무척 놀란 표정을 짓고 있었다. 그리고 나 역시도 놀라고 있었다. 왜냐하면 나는 선글라스를 착용하고 있었던 것이다. 나는 속으로 참 눈 밝은 독자도 있군, 이라고 제멋대로 짐작하고 있었다.

"누군지 알고 있으니까, 그 선글라스 좀 벗으면 안 될까요?"

그녀가 던져온 첫마디는 이러했다. 나는 그녀의 명령에 가까운 요구에 순순히 선글라스를 벗었다. 어딘가 낯이 익은 얼굴이었다.

"저 기억나지 않으세요?"

그녀는 당돌하다 못해 왠지 따지는 듯한 말투로 재차 물어왔다. 하지만 나는 그녀가 좀처럼 기억에 떠오르지 않았다. 그녀는 자포자기한 표정으로 건너편 의자에 털썩 주저앉더니 이렇게 말하는 것이었다.

"저, 오수정(편의상 가명을 쓰기로 한다)인데, 정말 기억이 안 나는 거예요?"

"그쪽에서 먼저 알려주면 안 될까요?"

"……지금 저더러, 새삼스럽게 자기소개를 하란 말인가요?"

그녀가 일방적으로 나를 몰아세우고 있어서였을까, 불현듯 과거의 기억이 떠올랐다. 그녀는 모 여성지의 기자였고 내 책이 나

왔을 때 인터뷰를 한 적이 있었다. 인터뷰를 했던 곳은 종로구 원서동에 위치한 김수근의 '공간 사옥' 안에 있는 커피숍이었다(지금은 사라졌다). 그로부터 몇 년이 흐른 다음이었고 그녀와 나는 루브르 박물관 근처에 있는 어느 카페의 테라스에서 우연히 마주치게 된 것이었다.

공간 사옥에서 만났던 일을 조금만 더 얘기하면 이렇다. 그날은 비가 내리고 있었고 그녀와 나는 가로의 스탠드형으로 설계된 테이블 의자에 앉아 통유리창을 통해 밖을 내다보며 얘기를 나누고 있었다. 서로 마주 보고 인터뷰를 한 게 아니라 예외적으로 나란히 앉아 있었다는 뜻이다. 공간 내 구조가 그렇게 돼 있었기 때문에 다른 선택의 여지가 없었다(김수근의 건축 개념을 요약하면 '연결'과 '개방'이다). 그런데 '나란히'라는 자세가 문제가 되었다. '마주 본다'와 달리 '나란히 앉아 있다'는 개념 자체가 다를뿐더러 종종 은밀한 친밀감을 제공하는 것이다. 실제로 매우 밀접한 관계가 아니라면 남녀 불문하고 한곳을 바라보며 나란히 앉지는 않는다. 충분히 가까워졌을 때야 그것은 비로소 가능한 일이다. 요컨대 그러한 분위기였다. 게다가 통유리창 밖에는 비까지 내려주고 있었다. 인터뷰가 끝나고 나서 그녀가 말했다.

"비도 오는데 '우리' 전집에 가서 막걸리나 한잔할까요? 가까운 교동에 제가 자주 가는 전집이 있는데."

젊고 재기에 넘치는 여인이 먼저 술을 청하는데 거절할 수 있는 남자는 세상에 흔치 않다. 그녀와 나는 우산을 함께 쓰고 교동까지 느리게 걸어갔다. 그리고 이번에는 마주 앉아 모둠전에 막걸리를 마셨다.

"한쪽 어깨가 다 젖었네요? 저는 이렇게 멀쩡한데. 알고 보니 괜찮은 사람 같군요."

나는 단도직입적으로 물었다.

"지금 나한테 사적인 관심이 있다는 그런 뜻인가요?"

뜻밖에도 그녀는 네! 라고 씩씩하게 대꾸해왔다.

"하지만 부담을 느낄 필요는 없습니다. 내년 바로 오늘, 같은 시각에, 공간 사옥에서 다시 만나 이쪽으로 옮겨 와 막걸리나 한잔 마셨으면 합니다. 그날 비가 내려주면 더욱 좋겠고요."

근사한 제안이었으므로 나는 흔쾌히 그러마고 했다. 말하자면 1년에 한 번씩 만나는 친구가 되자는 뜻이었다. 그러나 그 약속은 지켜지지 않았다. 그녀는 어땠는지 몰라도 나는 까맣게 그 약속을 잊고 있었던 것이다.

얘기는 다시 현재 시점, 파리로 돌아온다.

"이듬해 그날 공간 사옥에 가서 두 시간이나 앉다 있다 크게 실망하고, 혼자 터덜터덜 교동 전집까지 가서 혼자 막걸리 마시고 집에 들어갔네요."

믿기 힘든 얘기였지만 그렇게 말하니 그런 줄 알아야 했다. 나는 카페 앞 광장에 서 있거나 오가는 사람들을 눈여겨보며 사람의 인연이란 참으로 불가해하다는 생각을 하고 있었다. 그날 나는 약속을 지키지 않은 대가로 그녀에게 맥주와 저녁을 샀다.

이러한 일이 가능할 수 있었던 것은 그때 내가 테라스에 앉아 있었기 때문이었다. 만약 카페 안에 있었더라면 그녀와 내가 다시 만나는 일은 없었을 터였다.

이제 광장에 대해 얘기할 차례. 한국의 도시(마을)에는 광장이 존재하지 않는다. 공원도 매우 드물거나 외떨어진 곳에 있다. '시청 앞 광장'이 있지만 그곳이 처음부터 광장이었던 것은 아니다(로터리로 설계되었다). 시대가 바뀌고 역사적 사건이 발생할 때마다 사람들이 그곳에 운집하면서 상징적으로 광장이 된 것뿐이다. 그렇다면 왜 우리 문화에는 광장이 없는 것일까? 유럽의 각 도시에는 크든 작든 예외 없이 광장이 존재한다. 말했듯 광장은 약속의 장소이면서 사람들이 자유롭게 만나 이야기를 나누는 공간이기도 하다. 또한 그곳에서는 자주 음악회나 축제가 열리기도 한다. 그러할 때 광장은 자연스럽게 공간화된다. 사람이 모여 있지 않은 광장은 단순한 장소에 불과한 것이다.

예로부터 우리 문화에 광장이 존재하지 않았던 것은 사람들끼리의 관계와 소통의 행위를 체제가 원천적으로 차단했기 때문이었다. 공원도 사정은 마찬가지다. 그래서 우리의 도시 구조는 매우 폐쇄적이며 서로 분리돼 있고 개인은 저마다 고립돼 있다. 그러므로 사람들은 '어두운 상점들의 거리'나 '골목'을 찾아다니며 겨우겨우 숨통을 튼다. 과거 농촌 공동체에서는 마당이 광장을 대신했지만 그 규모가 협소할뿐더러 물론 체제가 제공한 것도 아니었다. 그래서 우리의 공간 개념은 일본만큼은 아니더라도 지극히 내성적이고 내향적이다. 오죽하면 최인훈의 소설 『광장』에 등장하는 주인공 이명준은 광장을 찾아 바다에 자진해서 뛰어들었겠는가 말이다.

광장은 어디까지나 장소와 공간을 포함한 개념이다. 언급했듯 거기에 사람들이 존재하면 광장은 그 순간 공간으로 변한다. 말하자면 사람이 공간을 만드는 것이다. 거기에서는 어떤 관계도 만남도 상상도 가능하다. 즉 광장은 미래의 삶과 연결돼 있다.

나는 1년에 두어 번쯤 종로구 부암동에 있는 '환기 미술관'을 찾곤 한다. 바로 길 건너편에 내가 자주 가는 '자하 손만두' 집이 있기 때문이기도 하다. 가끔이나마 거듭 환기 미술관을 찾은 이유는 김환기 화백의 작품 「어디서 무엇이 되어 다시 만나랴」라는 작품을 보고 싶어서이다. 사람들이 가득 운집해 있는 광장을 항공사진으로 촬영한 듯한 그 그림을 볼 때마다 나는 늘 새삼스러운 감동에 사로잡히곤 한다. 더불어 아직도 내가 얼마나 폐쇄적이고 밀폐된 상태로 살아가고 있는지를 깨닫게 된다. 장소를 공간화시키는 것, 이것이 우리 삶의 본질적인 욕망이자 개방 지향적인 구조가 아닌가 싶다.

이 책에 수록된 에세이들은 월간 『현대문학』에 2011년 10월부터 2013년 9월까지 2년 동안 연재했던 글을 모은 것이다. 연재를 시작할 무렵 나는 쉰 살의 문턱을 막 넘어서고 있었다. 때때로 지나온 생生을 돌아보게 되는 나이로 접어든 것이었다.

모든 존재는 시공간時空間의 그물에 갇혀 살아가고 있다. 더 정확히 말하면 시간과 공간이 씨줄과 날줄로 겹치는 지점에서 매 순간 삶이 발생하고 또한 연속된다. 이렇듯 시간의 지속에 의해 우리는 삶의 나이를 먹어간다. 한편 공간은 '무엇이 존재할 수 있거나 어떤 일이 일어나는 자리'이다. 그런데 허망하게도 과거에 내가(우리가) 존재했던 공간은 세월과 함께 덧없이(영원히) 사라져버리는 것이었다.

지나고 나면 삶은 한갓 꿈으로 변한다고 했던가. 돌아보니 정말이지 모든 게 찰나의 꿈이었던 것 같다. 그러니 나는 그 꿈이라도 한사코 복원하고 싶었던가 보다. 연재를 하는 동안 나는 과거에 내가 머물렀던 곳들을 가끔 찾아가보았다. 짐작했듯 대부분의 공간들은 온데간데없이 사라지고 더 이상 자취조차 찾아보기 힘들었다. 다만 그곳에는 마음의 텅 빈 장소場所들만이 남아 있을 뿐이었다.

그러나 매달 한 편씩 연재를 하면서 나는 무척 행복했던 것 같다. 파편적으로 흩어져 있던 과거의 기억들을 복원하는 글쓰기가 많은 순간 내게 즐거움을 안겨주었다. 그것은 다름 아닌 삶을 복원하는 일이었던 것이다. 더불어 삶이 내게 남겨준 것이 무엇인가를 비로소 알게 되었다.

군데군데 문장을 바로잡으며 원고를 정리하는 시간이 많이 걸렸다. 이래저래 경황이 없던 탓이었으나, 지금이라도 책을 낼 수 있게 되어 무척 다행이라는 생각이 든다. 그래야 또한 앞으로의 삶을 지속할 수 있는 것이다. 독자들이 이 책을 읽고 더러 공감을 해준다면 이제 더 이상 바랄 나위가 없겠다.

2014년 초여름

윤대녕

윤대녕 에세이
사라진 공간들, 되살아나는 꿈들

지은이 윤대녕
펴낸이 양숙진

초판 1쇄 펴낸날 2014년 6월 12일

펴낸곳 (주)현대문학
등록번호 제1-452호
주소 137-905 서울시 서초구 신반포로 321 (잠원동)
전화 02-2017-0280
팩스 02-516-5433
홈페이지 www.hdmh.co.kr

ISBN 978-89-7275-704-7 03810